最凶の恋人 ―組長の女神様―

FUUKO MINAMI
水壬楓子

Illustration
しおべり由生

SLASH
B-BOY NOVELS

この物語はフィクションであり、実際の人物・団体・事件等とは、一切関係ありません。

CONTENTS

his Goddness
―組長の女神様―

千住組《せんじゅ》の本家に客が訪れるのはめずらしいことではない。

関東一円を仕切っている神代会《かみしろ》でも、幹部を務める千住組だ。客の出入りは多いといってもいいだろう。

もちろん一般人のはずはなく、ほとんどは千住と同業の特殊な「業界」関係者で、同じ敷地の離れで暮らしているとはいえ、朝木《あさぎ》遙《はるか》が顔を覚えている人間は、そう多くはなかった。

千住組の組長、千住柾鷹《まさたか》の恋人であり、不本意ながら「姐《あね》」と認定されている遙だったが、極力、そっち関係のことには関わらないようにしている。仕事にも、人間にも、だ。

文字通り、見ざる、言わざる、聞かざる、である。

実際、遙が知らなくていいことの方が多いのだろうし、うかつに知ってしまうと社会的にも、道義上も、余計な気苦労が増えるばかりだというのはたやすく想像できた。

が、この日はたまたま、うっかり切らしてしまったコーヒーを調達しに母屋《おもや》に出かけた遙は、ちょうど玄関から帰ろうとしていた男の姿に、あれ？　と思わず視線を向けていた。

いつもなら、千住の客人とはできるだけ顔を合わせないよう、くるりと背を向けるところだが、その男は妙に見覚えがある気がしたのだ。

五十代なかばだろうか。頭にはかなり白いものが目立っていたが、大柄でまっすぐに背筋が伸び、きっちりとしたスーツ姿だ。どこかの会社社長といった貫禄《かんろく》は十分だったが、千住の本家に出入りしているということは、やはり業界関係者なのだろう。

千住傘下の組長か、あるいは神代会に属する他の組長か、とも思ったが、子分を引き連れることもなく単身のようだ。ということは、どこかの組の組長ではないらしい。かといって、お抱えの税理士とか弁護士とか、そんな雰囲気でもない。

正直、カタギというには迫力がありすぎるし、部屋住みの若い連中がずらっと並んできっちりと頭を下げて見送りに出ているところをみると、やはりこっちの世界の人間ではあるようで、遙はちょっと判断に迷ってしまった。

しかも、千住の若頭である狩屋《かりや》秋俊《あきとし》が自ら門前まで見送りに出るようで、玄関先には柾鷹の姿まである。

千住を訪れる客人の中でも、かなり破格の扱いと言えるだろう。

とはいえ、柾鷹はラフな甚平《じんべえ》姿で、そこまで気を張る相手でもないらしい。

「それでは、若《わか》。突然、お訪ねして申し訳なかったです」

客人がずっと年下の柾鷹に向かって丁寧に頭を下げている。

……若？

そんな言葉に、遙は思わず、目を瞬かせた。そんな柾鷹の呼ばれ方は初めて聞いた。

確か、先代の法要の時に本家に来ていた神代会の長老？　たちには「ぼん」とか「やんちゃ坊主」とか呼ばれていたような気もするが。

若、と呼ばれる柾鷹がちょっと新鮮でもあり、微妙に笑えるが、柾鷹をそんなふうに呼べる相手ということらしい。年齢的には、ちょうど父親くらいの男だ。

「若の元気なお姿が見られてよかったですよ」

「ああ。おまえも変わりなくてなによりだ。また顔を出してくれ」

穏やかな表情で言った男に、柾鷹も機嫌よく返している。

そんな挨拶《あいさつ》を聞いて、一歩早く玄関を出てきた狩屋が玄関脇に立っていた遙に気づき、少し驚いたように目を見張った。

「遙さん」

いつも冷静な狩屋にしては、ちょっとめずらしい反応だった。

確かに遙が客のいる前に姿を見せることはめずらしかったが、同じ敷地内にいるのだから、うっかり出くわしても不思議ではない。

その声に、男の方も何気ないように振り返った。

まともに視線が合ってしまい、とまどいつつ遙はとりあえず会釈《えしゃく》を返す。

あー…、と玄関に立っていた柾鷹が小さくうなり、のっそりと草履《ぞうり》を履いて下りてくる。

「どうした？　めずらしいな、こっちに来るの」

「ごめん。ちょっとコーヒーをもらいに。ストックを切らしてたみたいで」

ちらっと遙を眺めて言った柾鷹に、遙は少し言い訳めいた口調で返した。

「あ、こいつが遙なー」

そして立ったままじっと遙を見ていた男に、軽く紹介する。

「ええ。お噂はかねがね」

男がわずかに表情を緩めた。

どんな噂だ、と遙はちょっと眉を寄せる。

……あまり、いや、まったくうれしくないことに、遙の顔は意外と業界の中でも知られているようだったが。

「瀬田《せた》だよ。うちの前の若頭」

「ああ……」

そして遙の方にも紹介されて、思わず小さくつぶやいた。

なるほど。狩屋の前、先代が存命だった時に若頭を務めていた男らしい。

柾鷹たちにとっても世話になっていた兄貴分ということだろうし、下にも置かぬもてなしになるわけだ。

「では、失礼いたします。……朝木さん。柾鷹さんをよろしくお願いいたします」

「えーと…、はい、まあ」

あらためて柾鷹に頭を下げ、遙にも丁寧に一礼されて言われたが、正直、遙としてはどう答えるのが正解なのかわからない。

それなりによろしくしてはいるのだが、お願いされても困る、というのか。

この男にとっては、柾鷹はほんの小さい頃から面倒をみている自分の子供のような感覚でもあるのだろう。

いささか煮え切らない遙の返事に、しかし男は察しているように小さく微笑んでうなずき、門までの砂利道を狩屋と談笑しながら歩いていった。

遙も何気なくその後ろ姿を見送って、ふいに、あっ、と声が出そうになる。

男の首筋……うなじに近いあたりに、大きな痣《あざ》のようなものが見えたのだ。皮膚が引きつれた感じの、火傷の痕のようにも、刃物の傷跡のようにも見える。

ひどく印象的で、一瞬、何か古い記憶が呼び起こされた気がした。

しかしそれもはっきりとはせず、ちょっともやもやしてしまう。

「どうした?」

背中からのんびりと柾鷹に声をかけられ、ようやく遙は視線をもどした。

「……いや。あの人、前にどこかで会ったような気がしたんだけど」

のっそりと玄関を上がった柾鷹に続いて、遙も家に上がりながら口にする。

「あー…」

前を行く柾鷹が、がしがしと頭を掻いた。

「まァ、瀬田はオヤジについて、瑞杜《みずもり》まで行ったこともあったからな」

「じゃ、その時に見かけてたのかな」

遙はなかば独り言のようにつぶやく。

ない話ではない。

遙が柾鷹と出会ったのは、瑞杜学園という地方の学校だった。全寮制の中高一貫校で、中学一年の時だ。

運命だなっ、と柾鷹はにやにやと言っているが、遙に言わせると、出合い頭の事故みたいなものだ。

うっかりルームメイトになったのは高校からだったが、柾鷹の父親で先代の組長とは一、二度、顔を合わせたことがあったと思う。体育祭だか保護者面談だか、何かの学校行事で地方の学校まで出向いていた時だろう。

柾鷹は、わざわざ名字を変えて学園生活をさせている息子の知紘《ちひろ》とは違って、学校でも素性を隠してはいなかった。まあ、公言していたわけではないが、知られていた、というところが正しいのだろう。系列のヤクザの子供も、数人が放りこまれていたらしい。

寮を訪れたこともあり、「あのバカがいろいろと面倒をかけるだろうがよろしく」と、ルームメイトに対して、ということだろう、挨拶されたような覚えがある。

ちょうど、さっきの瀬田のように、だ。

……正直、あの当時は面倒どころではなかったわけだが。

だからその時に、先代組長に随行していた瀬田と顔を合わせていたということは、十分にあり得た。

とはいえ、微妙にすっきりしない気はしたが。

「あの人……、瀬田さん？　今もヤクザをやっているのか？」

日本家屋の年季の入った廊下をかすかに軋《きし》ませながら前を歩く柾鷹の背中に、遙は何気なく尋ねる。

「いや。オヤジが死んだあと、六年くらいして足を洗って、今は不動産屋をやってるよ。さっきは近くまで来たとかで、線香を上げに寄ってくれたんだ」

「へえ…、今でも慕われてるんだな」

亡くなったのは、確か十二年前、になるのだろうか。この春、盛大に十三回忌法要がこの千住の本家で営《いとな》まれていた。

身内の扱いで参列したのは遙の意思だったが、おかげで神代会の幹部連中には顔を覚えられてしまったかもしれない。

「まァ、オヤジの代にいた連中は、今でも墓参りとか来てくれてるようだしな」

そんなことを言いながら、ふと柾鷹が足を止める。

同時にふわりと線香の匂いが鼻をかすめた。

あ、と気づいて遙がそちらを見ると、障子《しょうじ》が開いたままだったすぐ横の部屋は仏間のようだ。

十三回忌法要は、和室をいくつもぶち抜いた何十畳もの大広間で行われて、祭壇も合わせてしつらえられていたが、ふだんはここに位牌が置かれているわけだ。

そういえば、遙は仏間へ入ったことはなかった。

「俺も線香、上げていいか？」

「……ん？　ああ、そりゃ、もちろん」

ちょっと驚いたように目をパチパチさせたが、柾鷹が障子をパタンとさらに大きく開き、のっそりと中へ足を踏み入れる。

この家の中ではこぢんまりとした、とはいえ、十畳はゆうにある一室で、奥の一角に仏壇が置かれている。置かれている、というより、設置されている、と言った方が正しいのだろう。重厚な黒檀《こくたん》に金箔が貼られ、ちょっとしたお堂並みのごっつい大きさだ。遙の身長を軽く超えている。

位牌もいくつも並んでいるから、やはり先祖代々、ということだろう。

蠟燭《ろうそく》はまだ灯《とも》されたままだったので、遙は置いてあった線香に火をつけて立て、傍《かたわ》らのおりんをチーンと鳴らす。

何を言っていいのかわからなかったが、とりあえず、ご挨拶が遅れてすみません、と謝った。

まあ、十三回忌の時にも手は合わせたのだが、あの時は神代会の組長たち数十人、いや、百人近い視線が背中に突き刺さっていたので、頭の中は真っ白だったのだ。

そしてあらためてあたりを見まわすと、鴨居《かもい》の上にいくつか遺影が並んでいるのがわかる。

最近の一般家庭では、遺影もカジュアルで明るい感じになっているようだが、さすがに旧家だけあって古式ゆかしく、どれも紋付き袴《はかま》姿のどっしりとしたものだ。

モノクロの写真も多かったが、一番端の新しいのが先代の――柾鷹の父親のものだろう。見覚えがあった。

やはり似ている。

亡くなったのが四十代なかばのようだから、今の柾鷹の十年後くらいだ。

「いずれはおまえもあの横に並ぶのか……」

遺影を見上げたまま無意識にポツリとつぶやいた遙に、柾鷹が額に皺《しわ》を寄せて低くうなった。

「縁起でもねぇな…、おい」

「だから、いずれはの話だ」

そう。少なくとも、父親の写真よりももっとずっと年をとってからだ。

そうでなければ……さすがに許せない。

自分をこんな、ヤクザの本家をうろうろできるような立場に引っ張りこんでおきながら、あと十年、二十年くらいでさっさとくたばられては困る。

「俺としてはおまえとのらぶらぶっ、なツーショット写真を並べてもいいんだけどなー」

にたにたと笑いながら、柾鷹が遙の肩に腕をまわしてくる。

「極道の姐さんは、そんな写真が出るような表舞台には顔を出さないいんだろ？」

男の手を邪険に払いのけながら、遙は淡々と指摘した。

並んでいるのも、当然、歴代の組長ばかりのはずだ。普通の家庭なら母親の遺影も飾られるところだろうが、ここにはない。

「いいだろ、別に。せっかく男なんだし。ってか、おまえ、やっぱり姐さんの自覚があるんだなーっ。——ぐふ…っ！」

うれしそうに声を弾ませ、懲《こ》りずに遙の背中からべったりと抱きついてきた男の腹に、遙は容赦なく肘鉄《ひじてつ》をかました。

「……単なる言葉の綾《あや》だろ」

内心で、しまった、と思いながらも、遙はむっつりと返す。

絶対に自覚はしていない。が、最近、少しばかり慣れてしまったのか、そのあたりの感覚が鈍くなっているのがまずい気がする。

「そういえば、千住の組員ってわりとみんな若いよな。先代の頃から残っている人間はいないのか？」

話を変えようと、少しばかり早口に遙は尋《たず》ねた。

以前から疑問にも思っていたことだ。

「あー…、そうだな。傘下の組だと俺より年上の組長も多いけどな」

いかにもな様子で腹を押さえ、恨みがましく遙を眺めながらも柾鷹が答える。

「本家にいたオヤジと同年代の連中は、今はほとんどカタギになってるよ。ま、俺が一人前になるまでは残ってくれてたんだがな」

なるほど、柾鷹の代になって若返ったということらしい。

先代に惚れて、先代が率いていたからこそ千住にいたという人間も多いのだろう。

つまり今は、柾鷹が組長だからこそ千住にいる、という連中なのだろうか?

こんなナマケモノでいいかげんな男に命を預ける子分たちも物好きだな、と思うが、……まあそれを言えば、この男に人生を委《ゆだ》ねた自分はもっと酔狂《すいきょう》で、逆張りで勝負に出たギャンブラーなのだろう。

高校を卒業してから、再会するまでの十年ほど。

その間に、柾鷹の環境は大きく変わったはずだ。

先代という大きな柱を突然失い、千住組は大きく混乱しただろうし、千住が手にしていたシマやシノギ、神代会の中での地位や利権にも容赦なくハイエナたちが群がってきたのだろう。

その中で柾鷹は組を守り、きっちりとまとめ上げた。

今現在、千住組は神代会の中でも幹部の扱いになっていたと思う。それは柾鷹が自分の手で勝ち得たものだ。

まさに命がけの戦いがあったはずで――遙の知らない間の柾鷹の姿だ。

遙には想像するくらいしかできないけれど。

「若い組長が無茶をするから、あきれて見捨てられたんじゃないのか？」

それでもあえて、遙はそんな軽口をたたいた。

「バーカ。んなわけねぇだろ」

柾鷹がふん、と鼻を鳴らす。

「そうか。おまえを止める人間がいなかったから、好き勝手やってるんだな」

ふと思いついて遙はつぶやいた。

納得できたような気がしたのだ。

「……あぁ？」

が、柾鷹は意味をとり損ねたように首をひねる。

「普通、止めるだろ。男の……、愛人とか」

またボケツを掘らないように少しばかり言い回しを迷ったが、まあ、そういうことだ。

実際のところ、遙を手元に置くことで面倒なことも多いと思う。あからさまな陰口や当てこすりも。

先代や先代の側近がいれば、間違いなく大事な跡目《あとめ》が男に入れこむような暴走は止められていたはずだ。

つまり先代がこんなに早く亡くなることがなければ、遙の運命も変わっていたのだろう。

もっと平穏で、平凡で、普通に幸せな、……今よりも面白みのない人生に。

しかし柾鷹はわずかに目をすがめて、あっさりと一言、言い放った。

「バーカ」

え？　と思った次の瞬間、男の手が遙の二の腕をつかみ、そのまま強引に後ろの――仏壇のすぐ横の壁に背中が押しつけられる。

片手を壁についてとっさの逃げ道を塞ぎ、身体をぐっと近づけてきた。

吐息が頬に触れ、唇がかすめる。ふわりと男の体温が肌に広がった。

「なっ…、おい、やめろっ。お父さんの前だろ」

反射的に遙は男の胸を突き放す。

「えー、見せつけてやろうぜー」

じろり、とにらんだ遙に、柾鷹はとぼけた顔でうそぶいた。

「壁ドンじゃなくて、仏壇ドン？」

「バチ当たりが」

遙は眉をひそめてピシャリと言う。

「ご先祖様が草葉《くさば》の陰で泣いてるぞ」

「多分、腹を抱えて笑ってるかな？」

にやり、と柾鷹が唇を曲げる。

だとしたら、その方が遙としても気は楽だが。

「……これは失礼しました。お邪魔でしたか」

と、ふいに耳に届いた声にハッと廊下の方を振り返ると、客の見送りからもどってきたらしい狩屋が立っていた。

例によって落ち着いた、しかしいくぶん柔らかく、笑みを含んだ声だ。

「邪魔、邪魔」

しっしっ、と手を振りながら、柾鷹がさらに大型犬が懐くみたいにして、べったりと身体を密着させてくる。

「いや、ちょうどよかった。こいつに場所をわきまえるように言ってくれ」

内腿を探ってくる男の手をなんとか阻止しながら、うんざりと遙は頼んでみる。

「えっ？　場所をわきまえればヤッていいのか？」

とたんにウキウキ、にやにやと柾鷹が声を上げた。

「そういう意味じゃないっ。――ああっ、もうっ」

まったく、人の言葉尻を捉えるのはうまい男だ。

めんどくさくなった遙は手のひらで強引に男の顔面を押し返した。

「だから言葉の綾だ。いいかげん覚えろ」

「あぁ？　そんな政治家みたいな言い訳がいつまでも通用すると思うなよ……」

顔を鷲《わし》づかみにされて、いでで、とさすがに柾鷹がうなりながら、ぶすっとした表情でにらんでくる。

「政治家の答弁と一緒にするな」

まったく、とため息をつきつつ、ふと目について、遙は仏壇の短くなっていた蠟燭の火を手のひらで扇《あお》いで消した。

毎日なのだろう。仏壇には花もお茶もご飯も供えられていて、旧家らしくそのあたりはきっちりしている。柾鷹が、ではなく、まわりの人間が、だろうが。

さすがにあきらめたのか、柾鷹が頭を掻きながらさらりと言った。

「ま、おまえのことは、別に誰にどうこう言わせる気もなかったけどなー」

背中で何気なくつぶやいた男のそんな言葉は、やはりちょっと胸にくすぐったい。

「お父さんに反対されてもか？」

そんなふうに尋ねたのは、ちょっとした遊び心のようなものだった。

結局、もしも、の話でしかない。

ただもしも先代が存命であれば、自分は今、ここにはいなかっただろう。

「オヤジはおまえのこと、知ってたと思うけどな」

が、あっさりと返されて、遙はちょっととまどった。

「知ってたって……」

それはもちろん、息子のルームメイトとしての存在は知っていたはずだが。

「俺がおまえに惚れてたってこと」

まっすぐに、てらいもなく男の眼差《まなざ》しが向けられる。

からかうようでもなく、ただ柔らかい言葉。

「え…、おまえ、まさか言ってたのか？」

遙は思わず目を見張った。

「俺から言ったことはねーけどなー」

肩をすくめて答えながら、柾鷹がちろっと狩屋を見る。

遙がその視線を追うと、狩屋が小さく微笑んでうなずいた。

「ええ、遙さんのことは先代もご存じでしたよ。まあ、柾鷹さんがずっと片思いしているということは。高校を卒業したあとも」

「……片思いじゃねーもん。ケナゲに思いを募らせてただけだもん」

ふいと視線をそらせて口の中でうだうだ言う男に、遙は冷たく返した。

「つまり、ストーカーしてたということか？　あ、そういえば、大学に来たことがあったんだよな？」

思い出した。

遙は知らなかったのだが、いつの間にか遙の通っていた京都の大学まで来て、少なくとも購買の焼きそばパンを食べたこともあったらしい。

高校を卒業してからの十年間、遙の方はこの男との縁は完全に切れていたと思っていたのだが、どうやら実際にはそうでもなかったようだ。

ストーカーと紙一重で、まったくあきれるしかないが、……まあ、この男はずっと自分を忘れていなかったのだと思うと、それもちょっと可愛い気がしてしまう。今考えると、だ。

もっとも遙がアメリカへ留学していた間は、さすがに消息はつかめていなかったはずだ。

「――あっ」

と、瞬間、ようやく頭の中で記憶が重なった。

さっきのあの男、瀬田と、十数年前のある小さな出来事と。

そうだ。留学だ。

「パスポート……！」

思わずそれだけ声に出た遙に、柾鷹と狩屋がちらっと視線を合わせたのがわかった。

それで十分だった。

「だから……、そうか。瀬田さん、俺の名前を知ってたんだな」

ようやく納得して、遙はつぶやいた。

さっき柾鷹は「遙」とだけ紹介したが、瀬田ははっきりと「朝木さん」と遙を呼んだ。

もちろん誰かから聞いていたということはあり得たが、……そう。昔、遙は瀬田と会って、話したこともあったのだ。

「じゃあ、あの時……、え？　どういうことなんだ？」

「あー……」

まっすぐに柾鷹を見て尋ねた遙に、柾鷹が視線をそらしてちょっと顔をしかめる。

「もうよろしいじゃないですか？　古い話ですよ」

横で狩屋が穏やかに言った。

「まぁなぁ……」

頭を掻きながら、柾鷹はいくぶん渋い顔でうなる。

「あれ、何年前だっけ？　俺が初めてアメリカへ行った時かな」

遙はちょっと記憶をたどった。

大学に在学中に数ヶ月、卒業してからは向こうの院へ進学して四年間を過ごしたが、確か一番最初の時だ。初めて海外へ出た――出ようとしていた時。

「十三年前ですね。二十歳の時でしたから。遙さんも柾鷹さんも…、私も」

狩屋が静かに答えた。

「あの時、先代がおっしゃったんですよ。幸運の女神様だな、と」

※　　　※

「おまえらも二十歳になったんだよなァ…」

ふとつぶやいた組長――神代会系千住組組長、千住國充《くにみつ》の言葉に、狩屋は顔を上げてちらりと車のリアシートから窓の外を眺めた。

信号待ちで停まった車のちょうど脇にあった大型ビジョンで、二十歳の若者の強盗殺人が報じられていた。しっかりと実名だ。

「気ぃつけろよ。何かやらかしたらニュースに名前が出るからなー」

隣に腰を下ろしていた國充がにやりと笑う。

ちょうど都内に用があるという國充に、東京の大学に通っている狩屋が車で送ってもらう途中だった。

自分のような若造が組長と並んで座らせてもらうなどということは、正直おこがましいのだが、やはりこの距離の近さはうれしくもある。

狩屋が千住の本家に来たのは四つの時だった。一人息子で千住組の跡目でもある柾鷹の遊び相手兼守り役という役目のためだ。

狩屋は、千住の傘下ではなかったが、地方の友好団体というか、系列の組長の息子だった。

しかし妾腹であり、その四歳の時に母が病死した。父親としてもまだ幼い子供を一人で放り出すことはできなかったのだろうが、本家には跡目になる息子もおり、本家の姐は愛人の子を引きとることを拒否したらしく、別の愛人に預けるか、施設に丸投げするか、というところだったようだ。

どっちに転んでいたとしても、いや、本家に引きとられていたとしても、狩屋の未来はそう明るいものではなかっただろう。

だがちょうどその時、千住でそのくらいの年の子を探しているという話を耳にして、父親が連絡をとったらしい。

やっかいな子供を手放したい父と、住み込みで来られるならありがたい、という千住の組長の思惑は一致し、スムーズな流れで狩屋は千住に引きとられることになった。

父親からは、「千住のオヤジさんの言うことをしっかり聞くんだぞ」ということだけ、何度も言い含められたことを覚えている。

何もわからず遠くまで連れて行かれ、初めての土地、初めて会う人ばかりで、最初はやはり不安だったのだと思う。

だが他に自分の生きる場所はないのだ、という自覚はあった。

母がいなくなり、父はもともと自分にさほど興味がないのもわかっていた。

父をつなぎ止めるために母は自分を産んだようだが、逆に自分が生まれてから父は母のもとを訪れる回数が少なくなり、それで母はいつも機嫌が悪く、酒浸りになっていたのだ。それなりの養育費は出ていたようだが、いつも出来合いの食べ物を放り投げるだけの、育児放棄に近い環境だった。

通っていた幼稚園でも、ヤクザの愛人の子、というのは知られていて、狩屋に近づいてくる子供はおらず——というより、自分の子供を近づけたい親がおらず、いつも一人で本を読んでいることが多かった。

そういう意味では、どこに行っても同じだったとは思う。

「おう、おまえが狩屋か」

初めて会った時、國充はしゃがみこんで狩屋の目線に合わせ、手を伸ばして狩屋の頭をガシガシと撫でてくれた。

そんなふうに、まっすぐに自分の目を見つめてくる相手は初めてだった。母でさえ、自分の息子の顔などほとんど見ていなかったから。

「利口そうな顔、してんなー」

狩屋を見て、大きく笑った顔を今も覚えている。

それから千住の跡目である柾鷹と引き合わされ、狩屋にとって初めての友達ができた。

もしかすると、柾鷹にとってもそうだったのかもしれない。

小さい頃は、広い千住の本家の中を走りまわるようにして遊んでいた。というより、狩屋が柾鷹のあとを追いかけて、だ。気がつくと、柾鷹が思いついた遊び——むしろイタズラの共犯者になっていることが多かった。

池に入って錦鯉《にしきごい》を捕まえる競争をした時などは、さすがに叱り飛ばされたものだ。

かくれんぼをしていて、どちらかが屋根裏とか納屋とか、変な場所に隠れたまま出られなくなったり、うっかり眠ってしまって見つけられなくなったりで、千住の組員たち総動員で捜しまわられたこともあった。

もちろん小学校も一緒に通い、常に柾鷹と一緒にいる狩屋は、「飼い犬」とか「金魚のフン」とか、よく陰口をたたかれていた。本家からほど近い学区の小学校だったので、柾鷹の素性はみんな知っていたのだ。知らなかったとしても、年齢が上がるにつれ、親兄弟から聞いて次第に理解していく。

当然ながら、狩屋の方が攻撃しやすかったのだろう、大人の見ていないところでいじめや嫌がらせを受けるようなことはよくあった。

ヤクザの子供なんだから、いじめてもぜんぜん問題ない、みたいに。

狩屋がそれを組の人間に告げ口することはなかったが、柾鷹は気がついて、知らない間に狩屋をいじめていた子供たちにやり返していたらしい。それで問題になったことも何度かあった。

それはまずい、と狩屋も考えて、空手を習い始めたのはその頃からだ。積極的に相手をたたきのめそうと思ったわけではなく、自分が手強いということが相手にわかれば、いちいち突っかかられることもない。

そもそも柾鷹の警護役という立場も、忘れてはいなかった。

近所の空手道場に行かせてもらうようになって、しかしその分、一緒に遊ぶ時間も減って、当初、柾鷹はぶーぶー文句を言っていた。それでしばらくは二人で道場に通っていたのだが、柾鷹はすぐに稽古に飽きて辞めてしまった。

「俺も辞めた方がいいですか？」

と、その時に一度、狩屋は尋ねたが、柾鷹はあっさりと言っていた。

「なんで？　おまえがやりたいことなら続けりゃいいじゃん。ま、おまえが強くなってくれると俺も心強いしなー」

そんな柾鷹は放課後、子供ながら若い組員たちと繁華街をうろついて、いろんなシノギの現場をのぞきにいっていたようだ。そして時折、いかにも「ケンカしてきました」という顔になって帰ってきた。

顔面は腫《は》れ上がり、青痣や唇が切れているようなこともしょっちゅうで、何度か鼻や手の骨が折れていたこともある。

跡目にケガをさせたことに、同行していた組員は青くなっていたが、國充は豪快に笑い飛ばしただけだった。

「なんだ？　まさかおまえ、やられっぱなしってことはねぇよなー？」

同級生の中では大柄ではあったが、柾鷹はまだ十歳かそこらの子供で、相手は少なくとも十五、六の不良たちだったようだ。五つも年が違えば、体格でも腕力でも大きな差がある年頃だ。

無茶だな、と後ろで聞きながら、狩屋はちょっと困惑していたが、自分が道場で体系的に武道を習うのとは違い、柾鷹は実戦で「ケンカのやり方」を学んでいたのだろう。

同時に、シノギの現場でいろんな人間を眺め、もめ事の起こった状況や関わっていた人間をしっかりと観察し、自分なりに把握していたようだ。

本能的なものだろうか。柾鷹は人を見る能力に長《た》けていた。同級生でも、先生でも、裏を読む、というより、本質を見抜く力があった。表情を読むのがうまいのかもしれない。

あとになってこっそりと狩屋の部屋に来て、「あいつ、裏であんなことやってんだぜ？　怪しいと思ったんだー！」とか、自慢げによく話していた。

小学五年生くらいの時には、教頭の不倫現場を押さえたこともある。

「つきあえよ」

と、楽しそうに狩屋を誘って夜の繁華街へ繰り出し、教頭が同じ学校の女性教員とラブホテルから出てきた鼻先へわざわざ姿を見せていた。どうやらパターンになっていた逢い引きの時間と場所をきっちりと割り出していたらしい。教頭は既婚者だったから、明らかに不倫だ。

「ど、どうしておまえがこんなところにいるんだっ？　こんな時間に子供がいていい場所じゃないだろうっ」

と、教頭は怒りながらもパニックになっていたが、柾鷹も弱みを握っただけで満足し、それを何かに使おうというつもりはないようだった。……まあ、必要なければ、だろうが。

柾鷹にしてみれば、いろんな情報を拾えるし、界隈《かいわい》の空気もわかるし、社会勉強にもなる夜の探検を、単におもしろがっていただけなのだと思う。

学年が上がるにつれ、柾鷹や自分にちょっかいを出してくる子供は減っていたが、学校で孤立していることは変わらなかった。

それでも狩屋にしてみれば怖くはなかったし、淋しくもなかった。

今まで――千住に来るまで、狩屋はずっと一人だったが、今は柾鷹がいる。

どんな場所でも、どんな人間を目の前にしても、柾鷹はいつも毅然《きぜん》としていた。

その姿を隣で見ているだけで、自分も強くなれる気がした。

國充と柾鷹とは顔も性格もよく似た親子で、それだけにつまらないことでよくぶつかって、しょっちゅう派手な口ゲンカをしていたが、そんな遠慮のなさもやはり本当の親子だからだろう。

もちろん、柾鷹と自分の立場の違いというのは十分に理解していて、狩屋が國充に口答えするようなことは絶対にあり得ない。

おたがいに無条件の信頼が見える二人の関係は、狩屋にはまぶしく、やはりうらやましく思えたものだ。

しかし國充は、実の息子とまったく同様に狩屋のことも可愛がってくれた。二人一緒に夏祭りに連れていってもらい、肩車をしてもらった。二人一緒に正座させられ、思い切り叱られたこともある。

父親という存在も、家族という意味も、すべて千住で教えてもらった。

自分のやるべきことはわかっていたし、十歳にならない頃から、すでに自分の将来ははっきりと見えていた。

柾鷹の守り役として、補佐として。そして少しでも千住の――國充の力になれるよう、今、自分にできることはすべてやる。

成長しても、その思いが揺らぐことはなかった。

中学からは、柾鷹とともに地方の全寮制の瑞杜《みずもり》学園へ入学した。

そこでも狩屋はずっと成績はよかったし、瑞杜学園を卒業したあと、東京の大学へ進学した。

と同時に、千住の本家からは少し距離があったため、大学の近くで一人暮らしを始めることになった。本家にもどった柾鷹とは、四歳の時に出会って以来、初めて別の生活になったわけだ。

とはいえ、大学生活のかたわら、すでに千住での仕事――シノギをいくつか始めていた狩屋は、週の半分くらいは本家へ出向いていた。

基本的には柾鷹が仕切っているシノギで、狩屋がその実務をみているという形だったので、まだまだ組長や若頭に相談したいことも、意見を求めることも多く、柾鷹に定期的な報告も必要だったのだ。

学業の合間の（どちらが「合間」かは別にして）そんな膨大な事務作業はさすがにかなりのハ

ードワークだったが、移動の最中に少しでも仕事ができるようにと、國充は狩屋のためによく運転手付きで車を出してくれていた。

今日も週末を本家で過ごしたあと、本当ならば狩屋は日曜の夜には都内へ帰るつもりだったのだが、國充に「月曜は送ってやるからゆっくりしてけよ」と軽く言われ、その言葉に甘えた形になる。

國充は今日は、同じ神代会の盟友である鳴神《なるかみ》組の組長を訪ねる予定のようだ。

運転手は前嶋《まえじま》という狩屋たちよりも二つ年下の若い男で、國充が五、六年前に拾ってきた。年も近かったので、瑞杜から帰省していた時などは、よく柾鷹と自分と三人でつるんで遊びに出たものだ。

前嶋はちょうど車の免許をとったばかりで、そんな若葉マークに組長の車を運転させて大丈夫か？　と少しばかり心配だったが——しかもベンツのSクラスだ——國充としては、カンを鈍らせないように免許とりたての時こそガンガン乗りまわせ、という方針らしい。

助手席には若頭の瀬田が座っていて、狩屋からすると若頭を差し置いて自分が後部座席の國充の隣に座るというのがひどく落ち着かないのだが、「仕事の相談があるんならその方がやりやすいだろう」とあっさり譲《ゆず》られたのだ。

國充は豪快で気さくな男だが、その國充を慕って集まっている子分や舎弟たちも、やはり気持ちが大きいのだと思う。余裕がある、というのか。ヤクザはメンツにこだわるものだが、千住にいる男たちは、意味のない体裁にはこだわらない。

大学に進学してからは國充とゆっくりと話せる機会も減っていたし、狩屋はこの先、司法試験も目指していたので、その勉強が入ってくるとさらに余裕がなくなりそうだったから、こんな時間は貴重だった。

大学を卒業すれば、狩屋はもちろん本家にもどるつもりで、弁護士資格があればさらに専門的なフォローができるし、組にとって少しは戦力になれるはずだ。

「そうか、おまえももう二十歳か……。早いな」

後ろの会話を聞いていたのだろう。助手席で瀬田《せた》が感慨深そうにつぶやいた。

狩屋が千住に来た当初から瀬田はすでに國充の補佐をしていたし、狩屋もずいぶんと世話になった兄貴分だ。

この真後ろの席からだと、瀬田の首筋にある傷痕がはっきりと見える。今でも赤黒く皮膚が盛り上がった、大きなものだ。

狩屋が十歳くらいの時だっただろうか。すれ違いざまにいきなり、ドスを抜いた男が國充に襲いかかってきて、瀬田がとっさにかばったのだ。死ぬかと思うような流血だったのを覚えている。

実際、生死に関わる傷だった。

狩屋にとってもこの時の瀬田の姿は、自分の中で一つの模範となっている。

「はい。千住に来て十六年ですよ。酒もタバコも合法になりました」

信号が変わり、動き出した車のバックシートにわずかに背中を押しつけて、狩屋が答えた。

「今さらだがな」

瀬田が軽くつっこむ。

「ハハッ…、俺も年をとるわけだなー」

國充が乾いた笑い声を上げる。

「オヤジさんはまだ四十四歳でしょう。お若いですよ」

何気なく返してから、狩屋も今さらに気がついた。

初めて会った時、國充はまだ二十代だったのだ。ものすごく大人で、どっしりと落ち着いて見えたものだったが。

「俺も最近、老眼が出てきたんだよなー……」

助手席の瀬田が渋い顔でうなっている。

「若頭は四十を過ぎたばかりじゃないですか。まだ愛人の四、五人は囲えますよ」

「バカ、そんな体力あるかよ」

ことさら軽く言った狩屋に、まんざらでもなさそうに瀬田がふん、と鼻を鳴らす。

「そういえば、オヤジさんは次の常務理事の候補に挙がっていると聞きましたが。神代会としては史上最年少になるんじゃないですか？」

ふと思い出して狩屋は尋ねた。

神代会で常務理事くらいの大幹部になると、ほとんど終身の地位だ。よほど大きな失態をしでかすか、破門になるか、長い懲役《ちょうえき》を食らうか——あるいは死ぬか、でなければ、そのポストは空かない。

が、先日、八十を過ぎた古老の常務理事が一人、突然倒れて入院したのだ。

なんとか持ち直して、今現在は今日明日にもというほど切迫した状態ではないが、まあ、いつ死んでもおかしくない年ではある。本人もそろそろ身辺を整理しておきたいという気持ちになったようで、引退の意向を内々に会長に伝えたらしい。

組自体は、すでに跡目は決まっているし、スムーズに新しい組長が襲名するだろうが、神代会ではその地位をそのまま跡目に引き継がせることはしていない。どんな大きな組であろうと、組長としての経験も乏しい新米がいきなり座れる椅子ではないのだ。

神代会での地位は、親とは関係なく、それぞれの組長が力量を示して自分の力でつかむ必要がある。

もちろん会への貢献度が大きくものを言うわけで、まだ理事をやらすには若すぎる、という声があるのは知っていたが、國充には十分にその資格があった。その事実は、狩屋にしてみれば疑う余地はない。

「今の総本部長の地位もごぼう抜きの抜擢《ばってき》でしたからね。常務理事が、自分の次はオヤジさんに、と推《お》しているそうですからほとんど決まりでしょう」

瀬田も力強く声を上げた。

「まだどう転ぶかわからねぇ話だよ。常務理事自身、まだ正式に引退を表明してるわけでもねぇしな」

しかし國充はさして気のない様子で肩をすくめる。そしてさらりと言った。

「まぁ、成人になったってことは、おまえも自分の名前で扱えるモンが増えるな」

指摘されて、狩屋も小さくうなずいた。

「ええ、書類上はいろいろと楽になりそうです」

「きっちり責任もかかるってことだ。今まで以上に気をつけろよ」

ちろっと狩屋を横目に、軽い口調だったが眼差しは厳しかった。

はい、としっかり、狩屋もうなずく。

もちろん千住に――國充に迷惑はかけられない。柾鷹にも、だ。

今手がけているシノギの方も、きっちりと法的にはグレーゾーンを維持している。

「あっ、俺はまだぜんぜんセーフってことですね。狩屋さん、何かヤバそうな案件があるんなら、俺、引き受けますよ」

ハンドルを握ったまま、前嶋が調子のいい声を上げた。

気合いの入った顔がバックミラーに映っている。

「やんちゃするなら二十歳前か……」

ちょっと考えるように瀬田がつぶやく。

「ええ。でもそろそろ十八歳成人が議題に上がっているようですから、そのうち成人年齢が引き下げられるかもしれませんけどね」

そんなことを口にしながら、狩屋は組長に見せていた手元のファイルをビジネスバッグに片付け始めた。そろそろ学校が近づいている。

「マジですか」

前嶋がげっそりした声でうなった。

「カモにされる若い連中が増えるな」

國充がつぶやくように言って、小さくため息をつく。

「そんなに早く大人になる必要はねぇけどな……。ま、おまえは昔っから、しっかりしてたもんなァ……」

腕を組み、どこかしみじみとした口調で言った國充に、狩屋は小さく笑った。

「可愛げがなかったですね」

昔からやんちゃのし放題だった柾鷹とは違い、狩屋は行動を共にしていても、後始末にまわる方が多かった。できるだけ冷静に対処してきたつもりだ。

狩屋の言葉に、ん？　という顔で視線を上げた國充が、狩屋と目を合わせて大きな笑みを見せる。

「んなことはねぇよ。今も十分に可愛いさ」

無造作に腕を伸ばし、大きな手が、がしがしと狩屋の頭を撫でた。

子供の頃にされたのと同じ感触に、ちょっと胸が熱くなる。

知らず、狩屋はわずかに目を伏せた。

そう。この人のためなら命をかけられる――。

一点の曇りもなく、そう思える。

「狩屋はオヤジさんのお気に入りですからねぇ…」

瀬田がちらっと肩越しに後ろを眺めて、かすかに笑うように言った。

「千住の将来を左右する男だよ。むこうのオヤジには悪いが、おまえが来てくれたことは千住にとってはもうけモンだったよなァ…」

國充は感慨深げに言ったが、狩屋にしてみれば、千住に引きとってもらえた自分が幸運だったのだ、と知っている。

あのまま実の父親のところにいたら、今頃はどんな生活をしていたのか想像もできない。少なくとも、大学に行けるような身分ではなかったはずだ。

「柾鷹のアホはまだちょっと目が離せねぇところもあるが、おまえがついてれば軌道修正できそうだからな」

そして何気なく続けた國充の言葉に、ハッと狩屋は思い出した。

「あ…、でも、俺がこのまま柾鷹さんの仕事をやらせてもらっていていいんでしょうか？」

思わず口から出ていた弱気な言葉に、國充が首をかしげる。

「どういう意味だ？」

「つまり……、ええと、あまり俺は前に出すぎない方がいいのか、と」

微妙に言葉を選んでしまう。

が、國充は眉を寄せて、的確に言葉にした。

「おまえが出しゃばっているせいで柾鷹が無能に見えるって？」

「いえ、そんなことは。役割が違いますから、柾鷹さんが実務に関わる必要はないのですが、外から見ると……まあ、そう見る方《かた》がいるかもしれません」

やはりどうしても歯切れが悪くなる。

「そう見えるんなら、あいつの問題だ。おまえが気にすることじゃねぇよ」

わずかに額に皺を寄せて、ぴしゃりと國充が言った。そして、眉を上げて聞いてくる。

「柾鷹がそんな小せぇことをほざいてんのか？」

「いえ、柾鷹さんは別に。好きにやらせていただいてますから」

「じゃ、誰かに言われたのか？」

重ねて聞かれ、狩屋はわずかに口ごもってから小さく答えた。

「……ちらっと」

「誰にだ？」

「船江《ふなえ》の組長に。いえ、ご忠告の類いだと思いますが」

「ああ…、船江か」

國充が納得したように軽くうなずく。いくぶん渋い顔で顎《あご》を掻いた。

船江組は先代からの千住の傘下の一つで、今の組長は國充よりも十歳ほど年長の男だ。跡目に龍生《たつき》とかいう三十前の息子がいて、本家に挨拶にも来ていた。

若い世代も安泰《あんたい》そうですね、と笑っていたが、その帰り道でちらっと指摘されたことだった。

「あいつも心配性というか、細かいヤツだからなァ…。ま、気にすることはないさ」

あっさりと言ってから、國充が思い出したように尋ねてくる。

「そういや、柾鷹のツラをしばらく見てねぇ気がするな。またどっか行ってんのか？」

何気ない問いだったが、狩屋は知らず背筋を緊張させた。

「ああ…、ええ。広島の帰りに関西の方に寄られているようですから」

今回は同行しなかったが、新幹線のチケットやホテルの手配は狩屋がしている。

「ほーぉ。関西ねぇ……」

狩屋としてはさりげなく答えたつもりだったが、國充は顎を撫でてどこか意味ありげにつぶやいた。

関西には神代会が属する一次団体の総本部があり、千住が盃を交わしている義兄弟の組もいくつかある。

そこへ挨拶に寄っているのだ、と普通に解釈できるところではあるのだが――。

「京都か？」

しかしピンポイントで國充が確認した。

「……はい。多分」

嘘はつけず、狩屋は素直に答える。

「めずらしく執着してんなァ…、あのガキが」

ふぅん、ちょっと考えこむように、國充が軽く頭を掻いた。

誰に、と名前は口にしなかったが、狩屋もわかっていた。

朝木遙――。

柾鷹とは瑞杜の高校時代、ルームメイトだった……男だ。

当時、柾鷹と身体の関係があったが、遙にとっては決して本意ではなかっただろう。

それでも逃げることはなく、正面から柾鷹と向き合っていた。

どんな男かを確かめるみたいに。

そう、試されていたのは、もしかすると柾鷹の方だったのかもしれない。

実際、あの頃すでに柾鷹は遙に惚れていたし、本人にもその自覚はあっただろう。が、遙の方が同じ熱量だったとは思えない。

瑞杜を卒業後、柾鷹は遙が東京の大学に来ることを望んだが、遙は逆らって京都へ行った。

結局、遙の心を手に入れることはできなかった、ということだ。

柾鷹はあえて追いかけることはしなかったし、逃げることに決めたのなら、もう遙を自由にしてやろう、という気持ちはあったようだ。

……が、それでもたまに、京都へ顔を見に行っているらしい。

顔を合わせることはしない。ただ遠くからちらっと様子をうかがうだけのようで、狩屋から見ても、柾鷹がそこまで未練を残しているのはやはりめずらしいと思う。

もともと何かに執着するタイプではない。飽きっぽいし、割り切りも早い性格だ。

今も昔も身体の相手には不自由をしていない柾鷹だったが、ただ一人、今でも執着している存在だった。

初めて会った中学一年の時。

柾鷹は一目で遙を気に入ったようだった。

その感覚にケチをつけるつもりはなかったが、狩屋からすると少し意外でもあった。

子分でもない、友人でもない、ただ身体の欲求を満たすための相手でもない。

柾鷹の中での位置づけがわからなかった。

それでも中学の三年間、柾鷹はずっと気にしつつもアクションは起こさなかった。それだけに、遊びじゃないんだな、と理解した。いっときの気まぐれでもない。

よく言えば、一日惚れなのだろうか。

そして遙は、やはり他の子供たちとは違っていた。

友人は多かったし、柔らかくまわりに溶けこんでいるようで、……なんだろう？　誰にも本心を見せないような。

むしろ、他の誰も関係なく、ただ自分を貫いていたのだろうか。そう、あの頃、柾鷹との関係をまわりに好奇の目で見られていても、平静な顔で無視していたくらいに。

見え方は違ったが、二人とも孤高の存在だったのだ。

「そんなイイ男なのか？」

ちょっと眉を寄せて、國充が聞いてくる。

「とても……、潔《いさぎよ》くて、芯がしっかりしている方です」

少し考えて答えた狩屋に、ふーん、と國充がうなる。そして小さく笑った。

「ま、確かにアレは怯《おび》えてる目じゃなかったな。前に俺と会った時も、にらむみたいに俺をまともに見返してきたし」

「オヤジさんをですか？」

黙って話を聞いていたらしい瀬田が、ちょっと驚いたように声を出す。

前嶋だけが話が見えないように怪訝《けげん》な顔をしていたが、口を挟むことはなかった。

「そりゃ、肝が据わってますねぇ…」

「腹を決めてるんだろうな…、自分の人生に対して。一人で生きていくって覚悟かな？　結構、難しい境遇《きょうぐう》だったんだろう」

考えるように言った國充に、狩屋が口を開いた。

「小さい頃にご両親をいっぺんに亡くされたみたいですね。一人で生きていく覚悟はあるんでしょう。でも、当たりはとても柔らかな人ですが」

「優しげに見えてシビアな男なんじゃねぇかなー。なんつーか…、査定が厳しそうだ。切るにも容赦がなさそうだし」

「そうかもしれませんね……」

そんな國充の言葉に、狩屋も小さくうなずく。

「あのアホの手には負えなかったっつーことかな？　いや、むこうがあいつじゃ物足りないと思ったのかもなー」

顎を撫で、おもしろそうににやりと國充が笑う。

「あんまり柾鷹さんをいじめないでやってください。あれでかなりダメージは受けているようですから」

思わず狩屋は言った。

が、こんな話を父親としていることがバレたら、柾鷹もかなり拗《す》ねそうだ。

「なびく気配はねぇのか？」

ちょっと眉を上げて、國充が狩屋の顔をうかがってくる。

「今のところはなさそうですね。離れたい気持ちがあったから、京都へ行かれたのでしょうし」

「つまり、あのバカはふられたわけだな」

國充が低く笑った。

「ふられた……」

ちょっと驚いたように、ハンドルを握ったまま前嶋が小さくつぶやく。

「遙さんがなびいても…、かまわなかったんですか？　男相手でも？」

思わず尋ねた狩屋に、あっさりと答えが返る。

「別にそれはどうでもいいさ。ちーもいるしな」

知紘は、柾鷹が十五の時にできた子供だ。行きずりに近い関係で、母親もまだ若くて自分で育てる余裕がなく、子供は千住で引きとった。

この年で國充はすでに「おじいちゃん」なわけだが、孫のことは相当に可愛がっている。

「あいつ、ちゃんと帰ってくんのかぁ？　おまえにシノギを放り投げて、未練たらしくぐずぐずしてんじゃねーだろーな…」

あきれたように言った國充に、狩屋は小さく笑ってうなずく。

「明日にはお帰りになると思いますよ。対処を相談したいとお伝えしてますし」

何気なく口にした言葉に、國充がちらっと横目に反応する。

「相談？　柾鷹にか？」

「はい」

「やっかいなことになってんのか？」

「いえ、それほどのことではないのですが」

「ふーん？　俺にはできねぇ相談なのか？」

「そういうわけでは」

じわじわと詰められ、ちょっとあせって返した狩屋に、國充がいかにもな調子で首を振ってうなってみせる。

「淋しいなァ…、おまえに頼ってもらえねぇとは。そんなに俺はアテにならねぇかなー」

「オヤジさん……」

狩屋は小さくため息をついた。

「オヤジさんのお手をわずらわせるほどのことじゃないからですよ」

もちろん、わかっていて言っているのだ。

前を向いたまま、瀬田が喉で笑っている。

「まだ大きな問題になっているわけでもありませんし」

「大きな問題じゃないうちに潰しておかねぇと、あとあと面倒になるぞ？」

「はい。それを柾鷹さんに相談しようかと」

「そりゃいいが。……で、何の問題だ？」

あらためて聞かれて、狩屋はわずかに居住まいを正した。

「実は、うちの店でドラッグが買えるという噂が出ているみたいで。ガセだとしても問題ですが、本当だったら早急な対処が必要ですから」

「クスリか……」

國充がわずかに眉を寄せた。

ドラッグに関しては、神代会でも表向き禁止という通達が出ている。千住では関わっていなかったが、やはり手っとり早く金になることは間違いなく、裏で手を出している組がいくつもあるのはわかっていた。もちろん一永会《いちえい》だとか美原《みはら》連合とか、他の組織でも多くの組が関わっているだろうし、昨今はヤクザでなくとも手を出している連中は多い。

「店ってのは？」

「ライブハウスですが、飲んで騒ぎにくるだけの連中も多いのでクラブに近いですかね。確かに末端の売人が混じっていてもおかしくないんですが、そもそも大きくさばける場所じゃありませんし、客層も若いのでたいして金も持ってないでしょうし……、あるとすればハッパじゃないかと思いますが」

「なるほどな」

國充が小さくうなずく。

「チンピラか学生の小遣い稼ぎってとこか……」

聞いていたらしい瀬田がつぶやくように言った。

「ええ。でも警察に入られるとやっかいですから、早めに処理したいと思います」

さばいている人間を特定して出禁にするくらいですめばいいのだが、と思いながら、狩屋は答えた。

「そうだな。卸《おろ》してるヤツらが面倒なとこなら、また連絡をよこせよ」

國充に言われて、はい、とうなずく。

今時、大麻なら大学生が興味本位にマンションの一室で栽培していることも、さほどめずらしくはない。そういう連中が売りさばこうと思えば、やはりクラブとかライブハウスに出入りしている同年代の連中になるのだろう。

「店の形態をミスったかもしれませんね」

狩屋はわずかに顔をしかめた。

もう少し高級な路線で店をやるべきだっただろうか、と反省する。

学生相手としては少し高めの金額設定だったが、中途半端だったかもしれない。客が若いといろいろと抑えが利かないところもあるし、予想外に暴走される危険もある。コントロールが難しい。

「ま、今はいろいろと手広くやってんだろ？　若いうちに試せるだけ試してみりゃいいさ。全部を成功させる必要はねぇよ」

「はい」

さらりと國充に言われて、狩屋はホッと息をついた。

実際、今はあまり大がかりな事業ではなく、小さな店や事務所で仕事のやり方や金の流れ、狙える客層などのデータをとっている段階でもある。その中で大きく育てていけそうなシノギがあれば、この先、手厚く投資していく、という過程だ。

「そういえば今、神代会の中で千住がクスリをまいてるんじゃないかっていう噂がちらほら出てるみたいでな……。こっちも迷惑してるところだ」

瀬田が思い出したように、いかにも苦々しい口調でうなったのに、狩屋はわずかに身を乗り出した。

「そんな噂が？」

初耳だった。

「ああ。例の常務理事のポストをめぐって、やっぱり水面下では足の引っ張り合いだからな。ま、怪文書が飛び交う時期だよ」

やれやれ、と言いたげな瀬田の言葉に、狩屋は横の國充に視線を向けた。

「大丈夫なんですか？」

「おまえらが心配するようなことじゃねぇよ」

それに國充は軽く肩をすくめて返す。そしてにやりと笑った。

「ま、故意にそんな話を流してるヤツがいるんなら、ちょっとばかり説教する必要はあるだろうなァ……」

「どうせ滝口《たきぐち》か浜中《はまなか》あたりですよ。なんとかオヤジさんのアラを見つけようと躍起《やっき》になってるんでしょう」

瀬田が吐き捨てる。

どちらも神代会の幹部である組長だが、ことあるごとに千住と対立していることは狩屋も知っていた。

「どうだかなァ……。連中なら、うちがクスリ程度で揺らぐ屋台じゃねぇことくらいわかってそうだが」

考えるように、國充がちょっと目をすがめる。

確かに覚醒剤だのコカインだの、ヤバいクスリに手を出すのは神代会としては問題視しているが、しかし手を出している組があるというのは、暗黙の了解のようなところもある。つまり警察沙汰にならない限りは、「やんちゃはほどほどにしとけよ」というくらいの感覚だ。ちょっと噂が広がったくらいでは、たいしたペナルティにはならないだろう。

さらに言えば、どの組にしても本家がわざわざそんな危ないモノに手を出す必要はなく、傘下の組にクスリで稼がせて、うっかりバレたら、下の連中が勝手にやったことです、でしっぽを切るだけのことだ。本家に大きなダメージはない。

とはいえ。

「ヘタにつけこまれないように、傘下には引き締めが必要じゃないですか？」

思わず口にした狩屋に、瀬田が大きくうなずく。

「ああ、当然だ。常務理事の件が確定するまでは隙を見せないようにな」

「俺にできることがあれば、なんでもやりますので」

向き直ってきっぱりと言った狩屋に、國充が大きく笑った。伸びてきた手の甲で、軽く狩屋の頬を撫でる。

「こっちの心配はいい。おまえはしっかり勉強してこいよ。……ほら、学校に着いたぞ」

車が静かに大学の正門前につけられる。

「……あ。はい。ありがとうございました」

丁寧に礼を言ってカバンをとると、狩屋は自分でドアを開けて外へ出た。

「あ、そうだ」

と、ドアを閉める前に國充が思い出したように声をかける。

「鳴神に手土産を持っていこうかと思うんだが、何がいいかな？」

はい、とわずかに身体をかがめて車内をのぞきこんだ狩屋は、その問いにちょっと考えた。

「そうですね…。いなり寿司とかいいんじゃないでしょうか？　今、小ぶりでいろんな種類のが出てますから。カレー味とかわさび味とか。明太子とか。ロール寿司で見た目がきれいなのもありますよ。……ああ、でも鳴神の組長は鯖《さば》寿司がお好きだったかもしれません」

「相変わらずよく知ってんなぁ…」

感心したように瀬田がうなり、「カレーのいなりすか?」と横で前嶋が目を丸くする。

「うまそうだな。どこで売ってるんだ?」

「銀座《ぎんざ》とか神田《かんだ》に……、ああ、でもデパ地下にあると思いますよ」

國充に聞かれて、さらりと狩屋は答える。

「店を調べて携帯に入れておきましょうか?」

その言葉は瀬田に視線を向けて言うと、頼む、と短く返る。

ではすぐに、とうなずいて、狩屋は車のドアを閉めた。

「ありがとうございました」

と、窓越しにもう一度、しっかりと國充に頭を下げる。

中から國充が軽く手を上げた。

そのベンツと、後ろについていたもう一台のセダンも丁寧に見送ってから、狩屋は大きめのバッグを肩にかけて大学の門を入っていく。

何人かの学生たちがその様子を見ていたらしく、好奇心いっぱいの眼差しが狩屋の背中に注がれていた。

Sクラスベンツでの送迎だ。

どこの坊ちゃんかと思われている可能性はあった――。

◇　◇

「……MDMA?」

小雨が降る中、車を降りながら柾鷹がわずかに眉をひそめた。

サングラスを外して、ラフに羽織っていたモッズコートのポケットに押しこむ。

あたりはようやく日が落ちて、しかし歓楽街の一日はこれから始まるところだった。

あいにくの雨模様だが、金曜の夜だ。夜が更けるにつれ道行く人も増え、ネオンや飲み屋の看板にも華やかに明かりが灯っている。グループらしい若い男女のはしゃいだ笑い声が響き渡っていた。

ライブハウス「ムジカーレ」という狩屋が――というか、柾鷹が持っている店の一つで、キャパは五百人ほど。ライブハウスではあるが、半地下のステージの他、数段上がった中二階の壁沿いにはカウンターが延々と長く設置されている。二階には桟敷席《さじきせき》のようにステージを見下ろす個室もいくつかあり、なかばクラブのような雰囲気でもあった。

ターゲットの客層は二十代から三十代。営業を始めて半年ほどだったが、大学生の間では飲みながら盛り上がれるおしゃれな店としてかなり話題になっているようで、客の入りは上々だった。留学生や観光客の外国人も多い。

開店してまだ半時間ほどだったが、雨の中、表の入り口の前には入りきれない客が列になってたむろしており、黒服が整理にあたっている。

狩屋はその店の裏口の方に車をつけさせた。

こっちの裏通りはやはり薄暗く、人の姿もなく、薄汚れた室外機や大きなゴミ箱が並んでいるくらいだ。

目立たない裏のドアに向かって大股に歩きながら、柾鷹が短く聞き返した。

「興奮剤か?」

「その一種ですね。いわゆるエクスタシーと呼ばれるやつですが」

メチレンジオキシメタンフェタミン——MDMAは合成麻薬で、もちろん禁止薬物だ。

それこそこんなライブハウスやクラブで集団でキメると、ドーパミンやセロトニンの影響で多幸感や一体感が一気に上がる。疲れも知らず朝まで踊り続けられるくらいだが、もちろん副作用で死に至る危険性もある。

半歩だけ先に立った狩屋が、裏口のインターフォンを押して「俺だ」と一言告げると、お疲れ様です！　といくぶんあせった声が返って、カチッとドアのロックが外れる音がした。

それを合図に重いドアを引き開けると、とたんにくぐもった重低音が腹に響いてくる。床から足に伝わる振動もかなりのものだ。

柾鷹を先に中へ通してから、狩屋は説明を続けた。

「海外ではメジャーになっていますが、日本ではそれほど多く出まわっているブツではないと思うんですよ」

カラフルな色合いで、ラムネかタブレットキャンディのような形は気安く手を出しやすい一因だろう。ここ一、二年で一部のセレブや芸能人たちを中心に増え始めているようだが、まだ一般に目立って流通しているものではない。

「それがこの店で取り引きされてるのか？」

狭いバックヤードの廊下を歩きながら、柾鷹が何か考えるように首をひねった。

「買ってる方は麻薬だという感覚はないかもしれませんね。単にハイになれるビタミン剤というくらいの認識のようです」

数日前に國充と話したあと、狩屋も調べを進めて、確かにクスリが――ＭＤＭＡがこの店の中で売られていることを突き止めていた。

店のスタッフに注意を促し、それこそハイテンションで場違いなほどに踊りまくっていた女子大生を数人、それとなく個室へ招待して、さりげなく……というか、クスリと酒でかなり酔っ払っている状態だったので、聞き出すのはなかなか難しかったようだが、なんとか必要な話を聞き出したのだ。

単にノリがいいだけの客ももちろんいたが、何人かはかなり怪しく、店の中で同じ男からクスリを買っていたらしい。

「出処が気になるな……」

「そうなんです」

低くつぶやいた柾鷹に、狩屋も深くうなずく。

大麻と違って、そのへんで手軽に作れるものではない。海外から持ちこまれたもののはずで、そうなるとある程度大きな組織の存在を感じさせる。

「もしかすると、学生が海外旅行先からこっそり転売目的で持ち帰っている可能性もありますけどね。以前はアメリカでも処方箋があれば手に入ったようですから、国によってはまだ普通に流通しているところもありそうですし」

もちろん税関をうまくすり抜ける必要はあるが、大学の交換留学生やスポーツ関係の公式団体での移動であれば、さほど厳しくチェックされずに持ちこめるかもしれない。アスリートであれば、ビタミン剤などのタブレットを多く持っていたとしても言い訳には困らないだろう。

少なからず後ろめたい気持ちがあれば表情に出て疑われることもありそうだが、そんなたいしたことじゃない、程度の軽い認識なら、むしろ監視官の気を引きにくいこともある。

「まぁな……」

柾鷹がいくぶん難しい顔で顎を撫でた。

「ただ売値がかなり安くて、大麻並みなんですよ。普通に考えてもっと高く売れるはずですから、そのあたりが少し気になりますね」

スタッフが聞いた話だと、本当にちょっと高い市販薬程度で買ったらしい。

「素人《しろうと》の学生が小遣い稼ぎしてるってことか……？　それか、今はまだ客を増やしている状態とかな」

「ありえますね」

自分のために海外から持ちこんで、余った分を少し売ってみた、とか、これから大きく商売をするつもりで、その前に安く売って固定客を増やしておきたい、というところだ。

「そういや、ＭＤＭＡってのは混ぜ物が多いんだろ？　そのあたりを調整すれば、売価は安くできそうだけどな」

「確かに純度は製造元によって大きく変わるようですからね」

柾鷹の指摘に、狩屋もうなずく。

が、やはり基本的にはどこかから——海外から仕入れる必要があるのだ。

そこまで手間をかけて、そんなに安く売る意味というのが少し気にかかる。

それこそ学生が個人で持ちこんで小遣い稼ぎをしているのなら、量も知れているし、放っておいても大きな問題ではないのだが。

狩屋が奥の事務所のドアを開けると、何台ものモニターの前に座っていた二十代なかばの男がハッと振り返り、柾鷹の顔を見たとたん、椅子から転げ落ちる勢いで飛び上がった。

「お、お疲れ様です！」

そして身体を二つに折って、深く頭を下げる。

黒のスーツ姿で、この店の店長を任せている男だ。

服装からするとブラックジーンズにモッズコートと、柾鷹の方がかなりラフな格好だったが、やはり余裕と貫禄が違う。

狩屋もファッションにはあまり興味はなく、黒のパンツに白のシャツ、それに黒のジャケットと、いたってシンプルな格好だった。仕事で会う人間はたいてい年上だったから、それに合わせて浮かないように、という程度だ。それでも学外なら大学生に見られたことはない。

「よう、何か問題があったって？」

柾鷹がふらりと事務所に入りながら、いかにも軽い調子で尋ねた。

それだけに店長も恐ろしいものを感じたのだろう。

この店の正社員は店長と他には二人だけで、あとは十数人のバイトを雇っている。もちろん、千住組が関わっていることを知っているのは店長だけだ。

というか、店長は千住傘下の組の構成員だった。もっとも今は正式な組員になるといろいろと制約がかかるので、表向き盃は交わさず、単なる一般市民である。

この店をやるにあたって、狩屋が目をつけて引き抜いた男だった。この手の音楽シーンにもくわしく、使えそうだと判断したからだが、……やはり突発的なトラブルにはまだうまく対処できないようだ。

「も…問題……といいますか……」

店長がいくぶんしどろもどろになって、救いを求めるように狩屋を見る。

「問題にならないうちに片をつけたくて、柾鷹さんにおいでいただいたんですよ」

さらりと狩屋がとりなすと、店長がガクガクと大きくうなずいた。

「も、申し訳ありません…っ。お手をわずらわせまして」

再びガバッと大きく頭を下げる。

「今日は来てるのか？」

狩屋は話を先に進めた。

例の売人だ。

「あっ、はい！　ついさっき確認したところです」

勢いこんで声を上げると、柾鷹にそれまで自分が座っていた席を譲る。

柾鷹がのっそりと座った椅子の横で、男が急いでマウスを操作して、目の前のモニターに映像の一つを大きく映し出した。

カメラは全部で十台以上が店内に設置されていて、もちろん表と裏の入り口にも二台ずつ。

薄暗い店内では、正面のステージの前にスタンディングの広いフロアが広がっていて、押し合うくらいに客が詰まっている。激しいヘッドバンディングや全身を揺らして踊っている連中も多く、かなり盛り上がっているらしい。

音声は切っていたが、ドア越しにもフロアの賑《にぎ》わいは想像できた。

その半地下のフロアを三方に囲む形で、観覧席のように数段上がった中二階の壁際に長いカウンターが設置されており、そこで客たちがひっきりなしに酒を注文していた。

カウンターに置かれたスツールにも、ステージに面したスチールの手すりにも、グラスを持った若い客がいっぱいに詰めかけている。

どうやら、そのスツールがある一角のようだ。

「あ、その男です。黒のジーンズにニット帽かぶったヤツ」

店長が指した男を、狩屋も柾鷹の背中越しにのぞきこんだ。

暗い、というより、ホール全体が青白いの照明の中、ステージのライト、レーザーのような原色のライト、さらに天井から点滅を繰り返すライトが入り乱れ、モニター越しではズームしても顔ははっきりしない。が、三十過ぎというところだろうか。

ということは、学生の小遣い稼ぎというセンは消えそうだ。

どうやら隣り合った二人連れの女の子たちに声をかけているらしい。派手な赤毛と金色の髪が目立ち、そちらは大学生か、専門学校生というところだろうか。かなり話している距離が近いのは、親しいというより、音がうるさくてまともに声が聞こえないからだろう。

片手で隠すようにして、男がちらっとジャケットのポケットから何か小さなモノをとり出して見せた。やはりクスリを売っているのかもしれない。

しかし断られたらしく、女の子たちはあっさりと席を立って離れていく。

舌打ちしてその後ろ姿を軽くにらみ、男がまた物色するようにきょろきょろとあたりを見まわしているのがわかる。

そしてふらりと席を立つと、混み合う中をかき分けるようにして、ちょうどフロアを挟んで反対側にあるカウンターの方へとまわっていった。

男の動きを追って、店長が手際よくカメラを切り替えていく。

空いていたカウンターのスペースにすべりこみ、中のバーテンダーにドリンクを注文しているらしい。待っている間、隣にいた男にクスリの売りこみか、二言三言、何か話したように見えた。

三十代なかばだろうか。ジャージパンツに、派手な柄シャツを着た眼鏡の男だ。

が、ドリンクを受けとるとすぐに離れて、また別の若い女に声をかけている。

そんなことの繰り返しなのだろうか。

「どうしますか……？」

男の様子を眺めながら、おずおずと店長が尋ねた。

「そうさなァ…」

柾鷹がだらしなく頬杖をついてちょっと考えこむ。ふりをする。

「店ん中でどうこうするわけにもいかねぇだろ。出るのを待つか、引きずり出すかだなー」

「そうですね。学生じゃなさそうですから、しばらく泳がせてみればどこかとつながりがあるかどうか、わかるかもしれません」

「だな」

狩屋の言葉に、柾鷹がうなずく。

「もしくは客のふりして、誰かが買い手になってみるってのも……」

続けていた柾鷹の言葉がふいに途切れた。かと思うと、いきなり鋭い声が飛ぶ。

「——あ、おい！　そこ、もどせっ！」

その突然の声と同時に、狩屋も気づいていた。

「えっ？　あっ、はい！　……あ、あの……？」

反射的に返事をしたものの、店長がわけがわからず視線を泳がせる。

そこ、と言われても、なのだろう。

「代われ」

狩屋は店長を押しのけて、自分でマウスに手を伸ばした。そして一つ前のカメラの映像に切り替え、さらに少しズームする。

カチ、カチ、と小さな音が響く中、柾鷹はわずかに身を乗り出すようにしてモニターをのぞきこんでいる。

「そこだ」

柾鷹がハッと短くつぶやいた。

モニターの中で、二人の男が手すりにもたれてフロアのバンドを見下ろしていた。

片方は金髪の若い外国人らしい男で、リズムに合わせてテンション高く身体を動かし、かなり楽しんでいるようだ。

ジャケットの下に着ているTシャツが、ちょうどパフォーマンスしているバンドのグッズらしく、ファンなのかもしれない。海外にもツアーでまわっている、コアな人気のあるメタル系のバンドだ。

そして、その男と談笑しているもう一人が——。

「遙、なのか……?」

柾鷹がかすれた声でつぶやいた。

いつになく表情が凍りついている。さすがに信じられないようだ。

正直、画像も粗《あら》く、絶え間なくフラッシュを繰り返す照明もあって、はっきりとは確認できない。

が、柾鷹が見間違えることはないのだろう。

「ええ。私にもそう見えます」

狩屋は落ち着いて言った。

「なんであいつ、東京にいるんだ……？」

なかば呆然と、独り言のように柾鷹が口にする。

そう、京都の大学へ通っているはずだ。

「わかりませんが…、一緒にいる男に誘われてこの店に来たようですね」

遙がヘビメタ系の音楽が好きだったとは、狩屋も寡聞《かぶん》にして知らない。まあ、大学に行ってからそっちにはまったという可能性がないわけではなかったが。

「ああ…。まあ、そうか」

柾鷹がようやく少し落ち着きをとりもどしたらしく、ちょっと渋い顔で軽く頬を掻く。

「……どうされますか？」

一呼吸置いて、静かに尋ねた狩屋に、柾鷹は椅子の背もたれにどさりと大きく身体を投げ出した。

「別に……、どうしようもねぇだろ」

無意識のように頭に両手をやり、大きく息をつく。

「マジかよ……」

知らずにそんな言葉が口をついて出たらしい。

確かに、どうしようもないのだろう。

遙からすれば、柾鷹と別れて二年だ。新しい生活を始め、ようやく自由を実感している頃かもしれない。

今ここで柾鷹が顔を見せると、もちろん遙は驚くだろうし、まだ見張っているのか、とさらに拒絶感が強くなる可能性もある。

少なくとも再会を懐かしむとは思えない。

「……ま、元気そうでよかったさ」

モニター越しに笑う遙を見つめ、何気ないように柾鷹がつぶやいた。

少しばかりやせ我慢しているようにも見える。

が、柾鷹にしてみれば、高校を卒業した時に東京に来なかったことで、遙の返事は受けとったと自分に言い聞かせているようだった。

……もちろん、今でも未練はあるのだろうが。

「あ、あの……?」

さっぱり意味がわからないのだろう、店長が落ち着かないように口を開いた。

「あの男をしっかりマークしておけ。名前はわかってるのか?」

狩屋は柾鷹の前のモニターに遙のいるカメラを固定し、別のモニターでさっきの男を追いかけながら、店長に尋ねた。

「クスリを買った客に聞いたんですが、名前は『つっちー』とだけ名乗ったみたいです。一応、連絡先も渡したみたいですよ」

「なるほどな…」

狩屋は小さくつぶやいた。

名前は、土屋《つちや》か何かだろうか。連絡先を残すということは、また欲しければ連絡してくれ、ということだから、ある程度、在庫を持っているということになる。

「現物は押さえてねぇのか？」

と、モニターから視線は離さないまま、柾鷹が聞いてくる。

「――あっ、はい！　あります。試しに買ったっていう子から買いとったヤツが。二錠だけですけど」

思い出したように声を上げ、店長があわてて事務机の引き出しから小さなビニール袋に入った錠剤をとり出して狩屋に渡した。

ポップなピンク色の、少し大きめのタブレットだ。見た目はビタミン剤で通用する。

それぞれ蝶のようなマークが入っているのが、この製造元の印だろう。

「柾鷹さん」

狩屋はそのビニール袋を指で挟み、柾鷹の目の前に出して見せる。

ちろっと一瞬横目にして、またすぐにモニターに視線をもどし、柾鷹が言った。

「製造元はわかりそうだな。そこからどこに卸してんのか、調べられねぇのか？」

遙に気をとられてはいても、やはり柾鷹もこっちのことはきっちり考えているらしい。

「かなり時間がかかりそうですね。やはり海外でしょうから。製造元を特定できたとしても、卸しているのは一カ所じゃないでしょうし、仲卸《なかおろし》からさらに末端に行くまでにはいくつもの組織を経由してますよ」

冷静に狩屋は答える。

「じゃ、やっぱりあの男を追いかけた方が早そうだな」

つぶやくように言ってから、ん？　と柾鷹がわずかにモニターに身を乗り出した。

「おい、狩屋。……これ、様子がおかしくないか？」

その声に、狩屋は再び柾鷹の後ろからモニターをのぞいた。

画面の中の遙の表情が、少しばかりあせっているように見える。さっきまで陽気に騒いでいた連れの外国人も、ひどくあわてているらしい。

自分の体中を両手で探って、何かを……探しているのだろうか？

「何かあったようですが、ちょっとわかりませんね」

少し考えてから、狩屋は店長に向き直った。

「信用できるスタッフを一人……、ああ、入野《いりの》がいい。今日は来てるか？」

「あ、はい。フロアに入ってます」

わずかに背筋を伸ばすようにして、店長が答える。

「インカムで呼び出してくれ」

「はい」

その指示に、飛びつくように店長が机に置きっぱなしだったヘッドセットをつかんだ。

「入野、聞こえるか？」

マイクだけを口元に近づけて呼びかける。

何人もいるバイトの中で、入野は小柄で童顔だったが一番頭の回転が速く、目端の利く男だった。人当たりがよく、会話もうまく、接客業に向いているのだろう。今はバイトリーダーを務めている。

『あ、はい。店長。何でしょう？』

応答はすぐにあった。

「……あ、ええと、狩屋さんから指示がある」

店長はそれだけ言うと、ヘッドセットを狩屋にまわしてきた。

「狩屋だ」

『は、はい。入野です』

いくぶん緊張した声がヘッドフォンからもれてくる。

狩屋も時折、この店には顔を出していたので、入野には店長より上の「マネージャー」のような立場だと認識されているらしい。履歴書からすると同じ二十歳なのだが、入野から見れば狩屋の方が年は上に見えているのだろう。

だが営業時間中にこんなふうに呼び出したことはないので、やはり何事かと思ったようだ。

「今どこにいる？」

『ええと…、二階の個室にドリンクを運んだところです』

過不足のない答えに、狩屋はマウスを動かして位置を確認した。

「そこからすぐに西カウンターへ移動してくれ」

はい、という答えとともに、黒いウェイターの制服を着た小柄な男が、うまく人混みをすり抜けて素早く動いていくのがわかる。

「手すり側の真ん中あたりだ。金髪の外国人の男と日本人の男の二人連れ。何か探しているように見えるが、何かあったのか、さりげなく聞いてみてくれ」

『わかりました。……あ、ハイ。確認しました』

そんな答えとともに、入野が遙たちに近づいていく姿がモニターの中に映った。

柾鷹が息を詰めるようにそれを見つめている。

『……お客様。何かございましたか？』

穏やかな調子で入野が声をかけているのが、ヘッドフォン越しにかろうじて聞きとれる。

音楽も、人の笑い声やざわめきもかなりうるさく、会話は途切れ途切れにしか耳に届かない。

外国人の方が何か早口にまくし立てているのが、なかばノイズのようだ。

『あの…、すみません。ここで落とし物が上がっていないかどうか、どちらにお聞きしたらいいでしょうか？』

そして、少しホッとしたような遙の声――。

柾鷹がわずかに息を吸いこんだのがわかる。

狩屋もまともにその声を聞いたのは二年ぶりだ。

『落とし物ですか……。確認いたします。失礼ですが、何を落とされたんでしょう？』

丁寧に確認する入野の声。

『それが…、パスポートを落としたみたいで』

『えっ、パスポート!?　……それは大変ですね。こちらのお客様のものでしょうか？』

さすがに驚いたように声を上げた入野の問いに、また外国人の方が英語で早口にしゃべり出す。

ひどくあせっている様子だった。彼は日本語もある程度は理解しているようで、しゃべっている英語にも半分ばかり日本語が混じっている。

それを遙が丁寧に言い直した。

『それが、ホテルの金庫に一緒に入れていた私のパスポートもうっかり一緒に持ってきていたようで、私のと彼のと二つ、なくなったようなんです』

そんな遙の説明に、狩屋は一瞬、息を止める。

「パスポート……」

顎に手を当てて、柾鷹も無意識につぶやいた。

京都から東京へ来るのにパスポートが必要なはずもない。遙自身がパスポートを持ってきているということは、つまり東京から海外へ出るつもりだということだ。

柾鷹もそれを察したのだろう。横顔がいくぶん険しい。

もし遙が海外へ行ってしまうと、さすがにこっそりと顔を見にいくことすらできなくなる。

『そうですか……。こちらでも探してみますが、……出国はいつのご予定でしょうか？』

『あさってなんですが、もし見つからなかったら飛行機はキャンセルですね。失効手続きをして、再交付を待たないといけない。時間がかかりそうだな……』

モニターの中で遙が額を押さえ、大きなため息をつく。

『他のスタッフにも聞いてみますが、この混雑ですからすぐに見つかるかどうかはちょっと。終業後の一斉清掃の時に、もしかしたら発見できるかもしれません。見つかった場合のご連絡先をお聞きしてよろしいですか？』

『あ、はい。お手数ですが、お願いします。私たちも一度ホテルに帰って探してみますので。もしかしたら、持ってきていたつもりで部屋に置きっぱなしかもしれないし』

そんな遙と入野の会話が大音響に紛れて細々と聞こえてくる。

そのまま連絡先を尋ねながら、入野は少し打ち解けた雰囲気に持っていき、世間話のようにもう少し細かい話も聞き出していた。

どうやら遙は、東京で行われた国際的な学会に教授のお供《とも》でやってきて、やはりアメリカから参加していた友人とともに、そのまま向こうへ渡る予定だったらしい。数日の旅行ではなく、留学で、だ。

柾鷹はそれから、遙が肩を落とす友人を慰めるようにして店を出るまで、じっとモニターを見つめていた。

「柾鷹さん」

大きく息をついて、柾鷹の肩から力が抜けたタイミングで、狩屋は静かに声をかける。

「まいったな……」

つぶやくように柾鷹が言った。

「ちょい、不意打ちだった」

「そうですね」

ことさら平然とした顔をしているのが、狩屋からするとちょっと微笑ましいような、切ないような気がする。いじらしい、というのだろうか。

ストーカー並の執着だが、柾鷹にしてみればおそらく初恋で——最後の恋なのかもしれないな、とふと思った。

そもそもまともな恋愛ができる環境ではなかったのだ。損得ずくか、恐怖か、好奇心か。そんなものでしか、普通の人間は柾鷹に近づいてこない。それはわかっていた。

だからこそ、自分に恋愛ができるとも思ってはいなかったのだろう。

そんな中で奇跡のようにたった一人、見つけてしまったのだ。

――手に入れることはできなかったとしても。

「内容は聞こえましたか？」

一応、狩屋は確認する。

「あの男が、遙のことを『ハル』って呼んでんのはわかったよ。つーか、一緒の部屋ってなんだよ……」

むっつりとうなった柾鷹に、気づいていたか、と狩屋は内心でちらっと笑う。

一緒にパスポートを金庫に入れていたということは、そういうことなのだろう。おそらくツインの一室に泊まっている。柾鷹としては少しばかり納得できないらしいが、仲のいい友人であればシングルを二つとるよりも経済的だ。

英語はまったくできないはずだが、柾鷹的に必要なことはしっかり聞きとっていたらしい。

「――おい、今日の録画分を全部見せろ」

そしていきなり、吠えるように声を上げた。

「あっ、はい！」

店長がびくっと背筋を伸ばし、立ったままパソコンの操作を始める。

前のモニターに映し出され、狩屋も柾鷹と一緒に遙たちが入店した時から追いかけて、慎重に動きを確認した。

とはいえ、ごった返すフロアの中、照明の影になってはっきりと見えない場面も多い。友人に引っ張られ、ステージの前で派手に拳《こぶし》を振り上げている中で落としたのなら、見つかる可能性は限りなく低い。興奮した客たちがそんな落とし物に注意を払うはずはなく、踏まれて蹴られて、ボロボロになってゴミ扱いですでに捨てられた可能性もある。

もし誰かに拾われていたとしたら、パスポートだ。本人にとっては大切なものだとわかるだろうから、店のスタッフにすでに届けられていてもいいはずだった。

まあ、拾ったのがこっち側の人間だったとしたら、金にすることを考えるだろうが。実際、パスポートはかなりの高値で売れる。

そんなことを考えながらモニターを見つめていた狩屋は、ハッと気がついた。

ちょうどさっきも見た、売人の男がたまたま遙とすれ違っていたあたりの映像だ。

「そういえば、この男……」

思わずつぶやいた狩屋に、ん？　と柾鷹が肩越しに振り返る。

「なんだ？」

「見覚えがあるような気がします」

「この売人か？」

「いえ、この少し前の……ああ、コレです」

狩屋は手を伸ばして少し映像を巻きもどし、目当てのところで静止画にする。

売人の男がカウンターで酒を注文しているところだ。

「この隣の男です。柄シャツで眼鏡の。何か話しているでしょう?」

「そうだな。……どこかで会ったのか?」

「いえ、直接会ったというより……」

答えながら、狩屋は眉間に皺を寄せて意識を集中させる。必死に記憶をたどる。

「……そうだ。思い出しました。以前、倉木《くらき》さんと一緒に居酒屋で飯を食ってた時、たまたまその男が入ってきて……、教えてもらったんですよ」

倉木というのは千住の組員で、狩屋よりは五つ六つ年上になる。武闘派という雰囲気ではなく、ひょうひょうとした感じの人で、あまり出世に興味はないようだがいろんな方面に顔が広い。狩屋が東京の部屋と本家とを行き来する時によく車を出してくれていて、世話になっている兄貴分だ。狩屋の持つ情報の半分ばかりは、その車の中で倉木から教えてもらっている。

「何モンだ?」

端的に聞かれて、狩屋は答えた。

「偽造屋ですよ。八木《やぎ》、という名前だったと思います」

覚えとくといい。なんかの時には役に立つ——そんなふうに倉木は笑っていた。

偽造屋なんかは自分の技術を売る商売なので、どこかの組織の傘下に入るということはあまりない。なので、どの組も必要な時に連絡をとる。

運転免許証や健康保険証、あるいは住民票や戸籍謄本。死亡診断書や死体検案書や、いろんな書類を必要に応じて偽造してくれるわけだ。

……もちろん、パスポートも。

「偽造屋……？」

柾鷹の表情がわずかに変わった。

「じゃ、落としたわけじゃなく、こいつに盗まれた可能性もあるな」

「あり得ますね。外国人ならパスポートを身につけている確率も高いですし、目をつけられたのかもしれません」

そもそも適当な獲物を見つけるために、外国人観光客もよく顔を出すこの店に来たのかもしれない。偽造パスポートは常に需要があるし、一番の高値になる。ストックはいくらでも欲しいところだろう。

「この二人、知り合いですかね……？」

コマ送りで映像を動かしながら、狩屋は無意識につぶやいた。

たまたま隣り合っただけの様子にも見えるが、微妙に目線が不自然な気がする。

「じゃねえのか？　だいたいこんな場所で売人と偽造屋が顔を合わせる方がおかしいだろ」

柾鷹が不機嫌に鼻を鳴らす。

「偽造屋が誰かとつるむというのはあまり聞きませんから、今回はたまたま居合わせただけかもしれませんが。ただもともと顔見知りだったとすれば、この売人の方はどこかの組関係かもしれませんね」

頭の中で考えながら、狩屋は低く言った。

その方が大きな問題だ。

他の組のヤツに自分の店で商売されるのも問題だが、柾鷹の——千住の関係の店だと知っていてやってるのか、知らずにやってるのか、というところでも話が変わってくる。そしてどちらにしても、対処が面倒になる。

が、柾鷹にしてみれば、今はパスポートの方が重要らしい。

「じゃ、とりあえずコイツを締め上げてみるか……」

ことさらのんびりと柾鷹が言った時、ふいにドアがノックされた。

「入野です」

ドア越しに聞こえた声に、ちらっと狩屋の方を見て確認してから、入れ、と店長が許可する。

失礼します、と入ってきた入野が、狩屋と目が合ってぺこっと頭を下げた。

めざとく奥に柾鷹の姿を見とめて、わずかに目を瞬かせる。

「ムジカーレ」は柾鷹の店だが、柾鷹が来たのはオープン前の下見の一度だけだ。実質的なオーナーの顔も、知らなくて当然だった。

誰だ？　と、少しばかりうさんくさそうな感じで、ついでに言えば、柄《がら》が悪そう、と思ったかもしれない。

なんならこの中では一番若く見えるが、一番偉そうでもある。

もちろん千住の跡目に対して組関係の人間なら許されない「挨拶」だが、入野は一般人だ。柾鷹の正体も知らない。

店長があせって声を上げそうになったが、狩屋が視線だけで制した。

「あの、これ……。お客様の連絡先です」

そんな微妙な空気にとまどいつつ、入野がおずおずと狩屋にメモを差し出してくる。

「ああ。助かった」

受けとって、狩屋は短く礼を言った。

ちらっと視線を落とすと、品川《しながわ》にあるホテルの名前と携帯番号が記されている。

思わず目を見張ってしまった。

覚えのある、遙の携帯番号だった。変えていなかったということだ。意外だった。

狩屋は無言のまま、それを柾鷹にまわした。

番号が変わっていないのを知っていたのかどうなのか、柾鷹はしばらくじっとメモを見つめていた。

「あの…、大変ですよね。パスポートとかなくすと。今日の営業が終わったら、スタッフで店内を探してみますか？」

入野が心配そうに店長に尋ねている。

「あー…、そうだな」

店長が困ったように狩屋を眺め、狩屋が口を開いた。

「いや、どうやらパスポートは盗まれたようだ。犯人もわかっている」

「えっ？　マジですか？」

さすがに驚いたように声を上げる。素早く、モニターで静止画になっていた男の顔に目をとめた。

「あ、こいつ…。ヤバそうなの、売ってるヤツですよね？　えっ、パスポート盗んだのもコイツですか？」

「いや、こっちだ。見覚えはあるか？」

狩屋が偽造屋の方をモニターに映して見せる。

それをのぞきこんで、あ、と入野が声を上げた。

「覚えてます。うちの客層からすると、ちょっとオヤジですから。何度か来てますよね。でもあんまりバンドを見てなくて。若い女の子を見に来てるんだと思ってましたよ。いや、外人好きなのかな？　よく外人の女の子に声をかけてたみたいだし。……えっ、こいつ？」

さすがに驚いたようだが、やはりよく観察している。

「今、どこにいるかわかるか?」

すでにカメラでは見失っていたので、またこの人混みの中から探し出すのはやっかいだ。

「ええと…、そういえばさっき出口の方に向かってて、帰るのかな、と思ったんですけど、ちょうどヨーロッパ系の外国人のグループが入ってきて。追いかけてまた中にもどったみたいですよ。その子たち、個室の予約が入ってたから、もしかしたら個室の近くにいるんじゃないかな?」

記憶をたどるようにして答えた入野に、狩屋は個室近くのカメラに切り替えた。

「ああ…、いるな」

さすが優秀だ。

カウンターの一番端。その先から個室への階段が続いていて、すぐ横を曲がればレストルームだ。

いかにも何気ない様子でちらちらとそちらに目をやっているから、出てくるのを待っているのかもしれない。

「入店する時、客に認証タグとかつけるようにしたら、何かトラブルが起きた時、対処が楽そうですよねえ…」

入野が独り言のようにつぶやく。

なるほど、次に同じような店をやるならそういう方式も考えた方がいいかもしれない。

そして次の店があるなら入野にやらせたいところだが、さすがにカタギの人間を引きこむのは気が引ける。

単なるビジネス関係でさえそう思うのだから、柾鷹が遙のことで躊躇《ちゅうちょ》する気持ちは狩屋にも想像はできた。

一線を越えるか、越えないか。

それは本人の判断だが、越えさせていいのか、と、やはり考える。

先の人生が変わるのだ。決して社会的にはいい方向にではなく。

それだけの対価を得られるのか。

……少なくとも、こちらから提示できるものはない。

狩屋自身は、正直なところ、流れに乗っただけとも言える。

が、一度も後悔したことはなく、一度も違う道を選びたいと思ったことはない。

自分自身の望みがあるとすれば、ただ少しでも早く、千住の――國充の役に立ちたい、ということだけだ。

「――あっ、売人が店を出るみたいですよ」

と、モニターでずっと追いかけていた店長があわてた声を上げた。

「どうしますか？」

狩屋が柾鷹に尋ねる。

このまま泳がせるか、捕まえるか、だ。

んー、と少し考えてから、柾鷹があっさりと答えた。

「顔も押さえたし、ほっといていいだろ。偽造屋と知り合いなら、そっちを締め上げたら身元もわかるんじゃねぇのか？」

「そうですね」

うなずいた狩屋を見て、柾鷹がのっそりと立ち上がった。

「じゃ、ちょっくら行ってくるわ」

「えっ？　いやそんな、跡……いや、柾鷹さんが行かれることは…っ」

あせって店長が狩屋を見たが、柾鷹がひらひらと手を振る。

自分で行きたいということだろう。あるいは、じっとしていられないのか。

「インカムを持っていってください。八木が移動するかもしれませんから。……入野、おまえのを」

そう言った狩屋に、入野が、えっ？　と、とまどいつつも、店長に急《せ》かされて自分のインカムを柾鷹に渡す。

それを受けとり、ついでみたいに柾鷹が机の上のペン立てから太いマジックインキを一本、抜きとった。

「場所を教えてくれ」

「わかりました」

ふらりと手洗いにでも行くような感じで事務所を出た柾鷹の姿が、まもなくフロアのカメラに捉えられる。

両手をモッズコートのポケットに突っこんだまま、ステージの前で盛り上がっている観客を後ろから見下ろし、酒も入ってテンション高く入り乱れる客たちの間を、思いの外《ほか》、身軽にすり抜けていく。

中二階へ上がる短い階段で若い女の子の二人連れとすれ違い、どうやら誘いをかけられたようだが、柾鷹は二言、三言でかわしたようだ。バイバイ、と手を振られたところをみると、チンピラ相手のような無愛想な対応ではなかったらしい。

「八木は北カウンターの端です。そのまま直進してください」

中二階へ上がったタイミングでマイクから伝えた狩屋の指示に、柾鷹が背中越しに片手でＯＫのサインを頭の上で作る。

『……アレだな。柄シャツで小太りのオヤジ』

まもなく、フロアの爆音とともに低い柾鷹の声が聞こえてくる。

「ええ。今、飲み物を受けとりました」

女性のバーテンダーににやけた笑みを返している。

柾鷹がその後ろにぴったりと身体をつけ、耳元で低く言った。

『よう、八木さん。ちょっと付き合ってもらえるかな?』

『……あぁ?　なんだよ、おまえ?　何、持って……——え…っ?』

八木がうっとうしそうに肩越しに振り返り、とたんに顔を引きつらせた。

柾鷹は、片手を気安く男の肩に置いていたが、もう片方はポケットに入れたままだ。おそらくさっきのマジックを握って、男の背中にグリグリと押し当てている。

八木もさすがにこの世界に片足つっこんでいる人間らしく、銃かナイフか、という想像をしたらしい。

『お、おい…、冗談はよせよ。何の真似だ?』

不自由な体勢で柾鷹をにらんだが、頬はピクピクと痙攣《けいれん》していた。

『アンタは俺の顔、知らねぇかなァ…?　ま、俺はアンタの顔は今日初めて見たけどな』

小さく笑ってから、柾鷹が名乗った。

『千住柾鷹だよ。うちの仕事もしてもらったことはあるんじゃねぇのか?』

八木が大きく目を見開いた。

『なっ…、せ、千住の……跡目?』

『そゆこと』

ニッと柾鷹が笑う。

えっ?　と入野が横で小さな声を上げた。狩屋の横顔が驚いたように見つめられているのがわかる。

ようやく入野も自分の職場事情を悟ったらしい。

『な、なんでこんなところに……？』

かすれた声で八木がつぶやく。

『おいおいおいおい……、今さらか？　うちの店でずいぶん好き勝手してくれてるようじゃねぇか。ここは健全にお客さんが楽しめる店なんだがなぁ……』

『し、知らなかったんですよ！　知ってたらわざわざそんな……』

『ま、アンタの仕事の邪魔をするつもりはないが、こっちにも都合があってなー。ちょっと話そうか』

あたふたと言い訳を始めた男にかまわず、柾鷹はねっとり、のんびりとした調子で言った。

その言葉に、狩屋はマイクをオンにする。

「そこから右手、レストルームに入る通路の少し奥に扉があります。非常階段ですから、そこから下りてください。事務所の横に出ます」

『おう』

と短く答え、柾鷹がいくぶん手荒に男の襟首をつかむと、なかば引きずるようにして重い鉄扉を開け、階段に連れこむ。

狩屋は短く息をついて、持っていたヘッドセットを机に置いた。そして静かに、横にいた入野に顔を向ける。

「バイト、辞めてもかまわないぞ？　今日までのバイト代はすぐに精算してやる」

ハッと、あわてたように入野が目をそらしたが、狩屋の言いたいことはわかったはずだ。

「えっ…？　いえ、ええと……」

少し混乱したように入野は視線をさまよわせたが、ようやく息を吸いこんで狩屋に向き直った。

「その、ここのバイト代、すごくいいし、仕事、おもしろいし。僕もまだここの仕事で勉強したいこともありますし。……それに、あの人のパスポート、とりもどすためなんですよね？」

「そうだ」

踏ん張るような顔でまっすぐに言った入野に、狩屋は短く答える。

「殺したり……しませんよね？」

続けてうかがうように聞かれ、狩屋は小さく笑った。

「あの男は偽造屋だ。うちもその技術が必要になる時がある。だから殺すことはない。パスポートさえ無事にもどれば、そんな必要もない」

そもそもヤクザは脅すことは仕事だが、殺すことは仕事ではない。殺したとしたら、単なるアクシデントだ。

殺したいと思って殺したとすれば、それはヤクザとしての仕事ではなく、人としての感情でしかない。

ホッと入野が安堵のため息をついた。

「このまま働きたいなら忘れることだ。何かあっても知らなかった、ですむようにな」

「……わかりました」

その言葉にしっかりとうなずく。

まもなく柾鷹が八木を引きずって事務所に帰ってきた。入れ替わりに、インカムを受けとって入野が仕事にもどっていく。

「さて、出してもらおうか？」

怯えた顔の男を椅子に座らせ、柾鷹がにやりと笑って手を伸ばした——。

◇　　◇

「だから俺、今はパスポート、持ってないんすよ……」

神経質に眼鏡を直しながら、弱々しく八木が訴える。

「そりゃ、おかしいなァ……。おまえが盗《と》ったんだろうが。あぁっ？　しらばっくれてんじゃねぇぞっ」

一昔前の刑事ドラマさながら、ガン！　と片足で派手に横の机を蹴って詰め寄った柾鷹に、男が必死の形相《ぎょうそう》で言い募った。

「だ、だから…、盗んだあと、なんか気づかれたような気がして……。知り合いに会ったから、そいつに預けたんですよ。あとで返してもらうことになってててっ」

スリがよくやるような手口だ。

反射的に身を引きながら、今にも泣き出しそうな顔はとても嘘をついているようには見えない。

「マジか……」

柾鷹がガリガリとうなじのあたりを掻きながらうなって、どさりと空いていた椅子に座りこんだ。

「預けたというのは、ここでクスリを売ってたヤツにか？」

その後ろから尋ねた狩屋に、ガクガクガクガクと赤べこみたいな勢いで八木がうなずく。

どうやら隣り合って話していた時、カウンターの下でこっそり受け渡しをしたらしい。

「だったら今すぐに返してもらえっ。そっこーで返してもらえっ。連絡はつくんだろ？　あ？その……、誰だっけ？　あ、つっちーだっけか」

「あ、はいっ」

バンバンと机をたたきながら責められ、男が急いでショルダーポーチから携帯をとり出すと、そのつっちーとやらに電話をかけ始めた。

柾鷹は大きなため息をつき、一息つくように、運ばせたピザをコーラで流しこんでいる。

「……あ、つっちー？　オレオレ。悪いんだけどさ…、さっき預けたブツ、急に必要になって」

その間に、八木が詐欺電話みたいな会話を続けていた。

「今からそっちもらいに行っていいかな？　……えっ？　マジかぁ。……そうなんだよ。今すぐじゃないと……」

八木がうかがうように柾鷹を横目にして、そして急いで続けた。

「ええと、あー……、うん。わかった。大丈夫、じゃ、そこまで行くよ。……うん。悪いな…、今度奢《おご》るからさ。……ああ。じゃあ、またあとでな」

電話を切り、八木がおそるおそる柾鷹を見上げる。

「なんだって？」

指をなめながら、柾鷹がにらみつけるように尋ねた。

「それが…、あいつ、今オヤジさんに呼ばれてるとかで。近くまで来れるんなら渡せるっていうんで、俺、受けとりにいってきます」

柾鷹がちょっと眉を寄せる。

「オヤジって？」

「あ、船江の組長です」

「……あぁ？　船江？　うちの傘下の？」

柾鷹が微妙に眉を上げ、ちらっと狩屋に視線を寄越《よこ》した。

声は出さなかったものの、狩屋もさすがに驚く。

「なんだよ…、船江のオヤジんとこの若いのがここでクスリ、さばいてんのか？　つーか、あのタヌキ、ＭＤＭＡなんてシャレたもんに手を出してんのか？」

柾鷹が不機嫌に顔をしかめた。

そもそも千住組では、ドラッグ関係はかなり厳しく禁止している。

ヘロインや覚醒剤でなければいいという問題ではなく、もしこの件が國充にバレたら、船江は大きな制裁を受けるはずだ。もちろん、狩屋としても黙って見過ごすことはできない。

そんなことは船江も十分に承知しているはずだった。

「船江のオヤジ、この店がうちの関係だって知らなかったのか？」

柾鷹が怪訝そうに首をひねった。

千住の本家にバレないようにこっそりとやるにしては、かなり間が抜けている。

「知らなかったという可能性は、もちろんありますね。下っ端が勝手にやってるだけという可能性もなくはないですし」

慎重に狩屋は答える。

さすがに柾鷹の管轄下で狩屋が手がけているシノギのすべてを一覧にして、傘下の組にいちいち告知しているわけではない。狩屋にしても、傘下の組すべてのシノギを把握しているわけでもない。だから時々、知らずに身内で場所や業種がバッティングしてしまう場合もある。

ただ――。

「さすがにMDMAなんてシロモノを、チンピラが独自で手に入れてさばいてるってのは、ちょっと無理があるかもなぁ……」

腕を組んで、柾鷹が低くうなった。

そうなのだ。

「まあ、そのつっちーの交友関係次第かもしれませんが。優秀な偽造屋の友人もいるようですから」

狩屋はちらっと八木を見下ろして答える。

もしかすると海外によく渡航する友人が多くいれば、不可能ではないのかもしれない。これまで、どれだけの量を流通させたのかもわからない。

「し、知らないっすよ！　俺、クスリなんてぜんぜんっ」

話の半分もわかってはいないだろうが、とにかく関わり合いたくないように、八木が首と両手をぶんぶんと振る。

と、その時、八木の携帯が短い着信音を立てた。メールのようだ。

急いで取り出して確認すると、そわそわと椅子から立ち上がった。

「あの、じゃ、俺、今からパスポート、受け取りに行ってきますからっ」

どうやらツチヤ（仮）から、落ち合う場所の連絡があったようだ。

その椅子をガン、と無造作に蹴り飛ばして、柾鷹が低く言った。

「おまえは黙って座ってろ」

八木が蒼白な顔で、言葉を失ったまま立ちすくむ。

ヤクザなら何か言い返す意地があるのかもしれないが、八木は偽造屋だ。腕っ節に自信があるわけでなく、まともに逆らう気力もないらしい。

「ケータイ」

その一言とともに手が差し出され、八木は逆らうことなく自分の携帯を渡す。

柾鷹がちらっと確認して、狩屋にまわしてきた。

メールの本文に、町名とファミレスの名前が入っている。その駐車場、と。

時間の指定がないのは、すぐに行く、と八木が伝えたからだろうが、相手の方も多少時間がぶれても問題ないと思っているのだろう。つまり、呼ばれたが待機中で暇をしていて、八木が来ればいい暇つぶしになる、と思ったのかもしれない。

「港の…、倉庫街のあたりですね」

「何してんだ？　そんなとこで、船江のオヤジ……」

つぶやいた狩屋に、柾鷹がうなる。

が、港のあたりということで、船によるドラッグの密輸を少しばかり連想してしまう。空港からもさほど遠くはない。

「俺が行ってきてやるよ。おまえはここで留守番してろ」

あっさりと言われて、八木が、へっ？　と呆けた顔で柾鷹を見つめ返す。

「え、いや、でも……」

「連絡があるまで、コイツを見張ってろ」

かまわず柾鷹は店長に命じると、椅子から立ち上がった。

柾鷹としては、人任せにできない、ということなのだろう。実際、八木がそのまま逃げないとも限らない。

「あとは頼む」

狩屋は店長に短く告げると、八木の携帯を内ポケットにしまい、先に立って部屋のドアを開いた。歩きながら自分の携帯を出して、車で待っている前嶋を呼び出す。

「……いや、ここまで来なくてもいい。この路地に入ると、一通《いっつう》だから出にくくなる。大通りで待機してくれ」

裏口のドアを開けると、相変わらず小雨がぱらついていた。

暗い中でほとんど見えないが、地面の薄い水たまりに規則的に波紋が広がっている。

顔を上げてあたりを見まわすと、狩屋の指示通り、細い裏通りを抜けた先で車のライトがパッシングされた。

柾鷹も気づいて、雨にかまわず足早にそちらへ向かって歩き出す。

「いいんですか?」

歩調を合わせ、半歩後ろから狩屋は静かに尋ねた。

パスポートを取りもどして遙に返せば――遙は日本を離れてしまうのだ。

いろいろと省略した問いだったが、柾鷹はすぐに察したようだ。

「パスポートがなくなったくらいで、遙が留学を止めるわけねーしな」

まっすぐに前を向いたまま、肩をすくめるようにして柾鷹が答える。

それはそうだろう。だがそれでも、だ。

「……ま、取りもどしてからだ」

きっぱりと言ったが、柾鷹自身、自分でも複雑な思いに迷いながら、なのかもしれない。

大通りに出たところでハザードをつけたまま停まっていた車に狩屋は小走りに近づき、後部ドアを素早く開いた。先に柾鷹を乗せ、あとから自分も乗りこむ。

「お疲れ様です」

運転席の前嶋が振り返って言った。

同時に素早くタオルを差し出したところは、さすがに気が利く。

「とりあえず出してくれ。南方面だ」

狩屋の言葉に、はい、と前嶋が車をスタートさせた。

タオルを受けとった柾鷹が、頭やコートの肩から雨粒を払うように軽くたたいている。

車内は三人だけだ。

跡目という立場ではあるが、柾鷹は特にボディガードをつけることもなく、たいてい身軽に動いている。狩屋がいれば、いつも気楽なこのメンツだ。

あらためて指定された場所を確認し、狩屋は行き先を前嶋に告げた。

あまり馴染《なじ》みのある場所ではなく、二人で少しルートを検討する。

スムーズに走り出してから、ちらりと時計を見ると、夜の七時をまわったくらいだった。

「何か…、あったんですか？　あ、売人、わかりました？」

いくぶん不安そうに、バックミラー越しに前嶋が尋ねてくる。

ライブハウスに来た時までとは違う、柾鷹の微妙な緊張が伝わったのだろう。

今日はライブハウスでクスリを売ってるヤツを片付けに出向いた――、ということは前嶋も知っているのだが、そのあと、少しばかりややこしいことになっていた。

「とりあえず、その売人のところへ向かっているところだ」

いつになく柾鷹が何かを考えるように黙ったままだったので、狩屋が答える。

もっともその目的は、当初のものとは少し違っていたけれども。

「売人は船江組のところの若いヤツみたいだな」

前嶋には状況をできるだけ理解してもらっていた方がいい。

続けた狩屋に、えっ？　と驚いたように前嶋が声を上げた。ハンドルを握ったまま、首が大きく伸びる。

「船江組が、ですか？　どうしてそんな……」

「本当に船江組長がドラッグを扱っているのなら、うちの店だけの話じゃなくなる。オヤジさんに指示を仰ぐことになるだろうな」

「ですね……」

大きく息をついて、前嶋がうなずいた。

「今日、オヤジさんは？　本家にいらっしゃるのか？」

何気なく狩屋は尋ねた。

このところ、前嶋が國充の運転手を務めていることが多かったのだ。その分、スケジュールも把握している。

「ええ。もう帰ってらっしゃると思いますよ。昼間は確か、視察に出られていたはずです。倉木さんの運転で」

「なら、おまえよりは安全そうだな」

「えーっ。それ、ひどいな、狩屋さん。だいぶ運転もうまくなりましたよ、俺」

少し空気を和《なご》ませるように、ちょっとした軽口を交わす。

「視察って？　どこまで行ったんだ？」

「ちょっと遠出するみたいでしたね。房総《ぼうそう》の方かな？　相談役が手頃な別荘をお探しだそうで、その候補をいくつか事前に内見するとか。船江組長の紹介で……」

気楽な世間話のように続けていた前嶋が、あ、というように口をつぐんだ。

――船江組長の紹介……。

ということは、船江組長も同行しているはずだ。

少しばかり嫌な予感が胸をかすめたが、バレていることに気づいていなければ、今すぐ船江が何かするという話ではないはずだった。

狩屋は小さくため息をついた。

船江の組長は先代の――國充の父親が組長だった時代に傘下に入った。

先代とは年も近く、千住を大きくするために苦労をともにしたようで、先代も信頼を置いていたらしい。國充が襲名した時も、後見人のような立場だった。

もし本当にドラッグに手を出したのだとすれば、好奇心か出来心にしても、やはり千住への裏切りになる。

経緯を明らかにした上で、それなりの制裁は必至だが、國充としても気は重いだろう。

が、狩屋も報告しないわけにはいかない。

「――あ、このへんですかね」

キュッ、キュッ、と間欠的《かんけつ》に動くワイパー音だけがＢＧＭのような沈黙の中、前嶋がふいに声を出した。

目的地に着いたようだ。

見慣れたファミレスチェーンの看板が前方に明るく見えている。

スピードを落として駐車場に入ると、七、八台くらいの車が広いスペースにまばらに駐まっている。

狩屋は素早く全体を見まわし、一番奥の、建物の陰に入る目立たないところに駐まっている車に目をつけた。エンジンは切っていたが、小さな車内灯が灯っているようだ。中に人がいる。

「向こう側の角に停めろ」

狩屋の指示通り、前嶋がその車からは死角になる位置に停車したとたん、低い声が響いた。

「傘、あるか?」

突然の柾鷹の声に、はいっ、といくぶんあせったように前嶋が答え、急いでサイドブレーキを上げると、その手で助手席に置いてあった黒い傘をつかんだ。

狩屋は受けとろうと手を伸ばしたが、柾鷹が先に自分でつかんで車を降りる。

「エンジンはかけたまま待ってろ。あと、本家に連絡を入れてくれ。オヤジさんに……、のちほどお話があると。少し時間が遅くなるかもしれないが」

狩屋もドアのロックを外しながら、いくぶん早口に前嶋に指示した。

國充に報告しなければならないことがあるのも本当だが、なんとなく……在宅を確認しておきたかったのだ。

わかりました、という前嶋の声を背中に聞きながら、狩屋は急いで柾鷹のあとを追った。

柾鷹はすでに傘を差して、同様に目星をつけた車に向かっている。ただし、後ろからまわりこむようにして。

車内にいるのは一人だけ。やはりライブハウスで見た、ツチヤ（仮）のようだ。服装もさっき見た時と同じ、ジーンズにパーカー、それに黒のニット帽。

少しばかり落ち着きなく、ずっと携帯をいじっている。誰かからの連絡を待っているのか……、いらだっているようにも見える。あるいは、八木がなかなか姿を見せないせいなのか。

柾鷹が車の運転席のすぐ後ろでいったん立ち止まり、ちらっと振り返った。

なるほど、こんな小雨でわざわざ傘を差してきたのはそういうわけか、と狩屋も察する。指で指示されて、狩屋は助手席側へとまわりこんだ。

柾鷹がわずかに身をかがめ、傘で顔を隠すようにしたまま、コンコン、と運転席のウィンドウをノックする。

「ああ…、八木か。なんだよ、明日でよかったんじゃねーのかよ」

ハッと顔を上げた男が、緊張を解いてウィンドウを下ろした。

「ツチヤさん？」

ようやく柾鷹が傘をわずかに後ろにずらして顔を見せ、窓枠に腕をかけて、ニッ、と笑ってみせる。

「……あ？　なんだ、おまえ？　土田《つちだ》だよ」

勘違いに気づいた男が、とたんに不機嫌にとがった声を出す。

どうやら「つっちー」は土田だったらしい。

「どっちでもいいが、アンタは俺の顔、知らねぇかなァ…、つっちーさん？」

柾鷹はさらに朗《ほが》らかに尋ねている。

「あぁ？　知るかよ。なんで俺がおまえの――」

うっとうしそうに吐き出した土田の表情が、いきなり変わった。

どうやら本家の跡目の顔を思い出したらしい。

あっ、と息を呑み、次の瞬間、ものすごい勢いで助手席へ這うように移ると、ドアを開けて逃亡を図る。

「なっ…、――うぉ…あぁっ！」

が、まわりこんでいた狩屋が逆に外からドアを開くと、体勢を崩した土田が濡れたアスファルトに転がり落ちた。

狩屋は両手でその襟首をつかみ、引きずり上げるようにして車の助手席に押しもどすと、ドアを開けたまま、退路を塞いで立つ。

「なっ…、なんだよ…っ、おいっ！　離せって！」

破れかぶれみたいにわめき出した土田にかまわず、柾鷹が傘を閉じて運転席のドアを開け、ゆったりとシートに座りこんだ。

左右を挟みこまれて逃げ場もなく、土田は視線を漂わせながら助手席で縮こまる。

「おいおい…、俺の顔見たとたん逃げ出すことはねーだろ。傷つくじゃねぇか」

男の胸をポンポンと気安く叩きながら、柾鷹が薄く笑う。

「お…俺に、何の用だよ……？」

それでも低くかすれた声で、必死に尋ねた。

「まずはパスポート、返してもらおうか」

冷ややかに言った柾鷹に、目を見開いて土田がぽかんとした顔をした。

「パ…パスポート……？」

「八木から預かってるやつか？」

「そうだよ。何だと思ったんだ？」

「い、いや、別に……」

もごもごと口の中で言いながら、あわてて視線をそらせる。

そしてパーカーのポケットに手を突っこんで、ナイロンのパスポートケースをつかみ出すと柾鷹に突き出した。

「ほら、これだ。いいだろ、もう。俺が盗んだわけじゃねぇし。さっさと行けよ…っ」

ふてくされたように吐き出す。

受けとって、柾鷹は中に入っていた赤い表紙と黒い表紙、二つのパスポートを取り出した。赤い方だけぺらっとページをめくって中を確認すると、きっちりとコートの内ポケットにしまいこむ。

「……さて、それとだ。おまえにはもう一つ、確認しとかなきゃいけないことがあるよなァ？」

もちろん覚えはあるのだろう。とたんに土田の顔が引きつった。

「うちの店で商売してるようだが、アレは船江のオヤジのシノギなのか？　ん？」

何気なく男の肩に置いた手にぐっと力をこめるようにして、柾鷹が問いただす。

「ち…ちが……」

男がとっさに首を振った。

「てことは、おまえの独断でやってるってことかな？　エクスタシーなんてシャレたもんを？」

「そ、それは……」

さすがに苦しいと思ったのか、土田の視線が揺れる。

「もちろん知ってるよなァ？　うちのオヤジがそーゆー商売を嫌ってんのは」

柾鷹がさらに詰め寄ったその時、パチャパチャと水たまりを弾く音とともに、前嶋がまっすぐに走ってくる姿が見えた。

「狩屋さん！」

車で待ってろ、という指示を違《たが》えて出てきたというのはよほどのことだ。表情も強ばっている。

「どうした？」

胸騒ぎを覚えながら尋ねた狩屋に、前嶋が息を切らしながら言った。

「あの…、本家に電話したんですけど、なんか……すごい混乱してて」

そしてなんとか息を整え、すがるように視線を上げる。

「オヤジさんと、もう数時間も連絡がとれないって。一緒にいた他の兄貴たちとも……っ」

瞬間、全身に鳥肌が立った。

知らず柾鷹と視線がぶつかる。

柾鷹がわずかに息を吸いこんだ。次の瞬間、男の胸ぐらをつかみ上げる。

「おい…、どういうことだ？　船江のオヤジは何をやってるっ？」

昼間、船江組長と一緒だった――、ということは何か知っていると考えていい。

「し、知るかよっ！　俺は何も……っ」

「ふざけるなっ！」

土田が必死に叫んだが、柾鷹は男の顔面に向かって吠えた。

「だいたいおまえ、なんでこんなところにいるんだよっ？」

確かに、何のためにこんな場所にいるのか疑問だ。しかも一人で。

「そ、それは……」

口ごもった土田が落ち着きなく身体を揺すり、時折、何か気になるようにちらっと視線が後ろへ流れている。

狩屋はその視線をたどるように車の後方を眺め、思わず目をすがめた。

何か白いものが視界に引っかかる。

土田の車は濃いブルーのセダンだったので、妙な違和感だ。

引かれるように車の後ろにまわると、閉じた車のトランクの隙間に何か——白っぽい布が挟まっている。

ドクッ、と心臓が大きく脈打ったのがわかった。

まさか——、と想像するだけで呼吸が止まりそうになる。

叫び出したい気持ちを抑え、指先でボタンを探ってロックを外す。強ばった手を伸ばし、思い切ってトランクを開いた。

「——あっ、おい、よせっ！　やめろっ！」

それに気づいたらしい土田が、振り返ってリアウィンドウ越しに血相を変えて叫ぶ。

中の荷物が容赦なく目に映し出される。

「柾鷹さん」

長い息を吐き、狩屋は柾鷹を呼んだ。

ん？　と柾鷹が車を降りてくる。

見張ってろ、と前嶋に顎を振り、モッズコートのフードを頭にかぶりながら、車をまわりこんでくる。

そしてトランクの中をのぞきこんで、わずかに目をすがめた。

そこに入っていたのは――男の死体だった。

◇　　◇

完全に血の気をなくした男は四十過ぎくらいだろうか。

死体だと微妙に年齢がわかりにくい。それが外国人ならなおさらだ。

明るい茶色の髪で、目の色は閉じているのでわからない。きっちりしたスーツ姿で、一八〇は超えているだろう長身がトランクの形に折り曲げられていて窮屈《きゅうくつ》そうだ。……まあ、本人はすでに感じていないだろうが。

口にはガムテープが貼られ、目立った外傷は見当たらないが、ただ首筋に小さな注射痕があるので、どうやら薬物による中毒死のようだった。あまりヤクザらしいやり方ではないが、はじめから死体を動かすつもりだったら、血が出るのを嫌ったのだろう。

とりあえず、國充でも……他の千住の人間でもなくて、大きく胸を撫で下ろす。

柾鷹が車の助手席から土田を引きずり出し、首根っこを捕まえてトランクの死体と無理やりに対面させた。

「なぁ、つっちー。コレをどう説明するんだ？」

「し…知らない…ッ、俺じゃない……っ」

顔をゆがめて必死に視線をそらし、土田が首を振る。

確かに、殺したのはこの男ではないのだろう。おそらく土田は死体番に呼ばれたのだ。相手が死体なので、見張りは一人でも十分だ。

誰もがこの嫌な仕事を押しつけ合って、結局、一番の下っ端のこの男にまわってきた。うっかり死体を抱えているところを誰かに見つかったとしたら、やってもいない殺人の罪をかぶることになる貧乏くじだ。その懸念があって、一人、こんなところで待たされているわけだろう。

当然楽しい仕事ではなく、案外、八木からパスポートをとりにくると電話があった時は喜んだかもしれない。

「船江のオヤジは何を企《たくら》んでる？　うちのオヤジはどこだ？」

柾鷹が重ねて尋ねたが、やはり頑《かたく》なに答えない。

もちろん、土田にしても必死なのだ。うかつなことをしゃべれば、自分の身が危ない。

だから、しゃべらなくても危ないのだと教える必要がある。

「優しく聞いてやれるうちに答えてもらえると助かるんだがな……」

抑えた声で柾鷹がつぶやいた。

そろそろ限界のようだ。

柾鷹は躊躇なく手を伸ばして死体の首からネクタイを引き抜くと、土田の身体を強引に正面からサイドウィンドウにたたきつけるようにして立たせ、手際よく土田の両手を後ろ手にして縛り上げた。

「なに……、くそっ、やめろっ！」

土田はあせって抵抗したが、続けて柾鷹は死体の口からガムテープを剝《は》がす。

「お…おいっ！　よせっ！　なに……——ぶぐ…っ」

それを持って土田に近づくと、察したらしく顔を恐怖に引きつらせた。

が、かまわず柾鷹はそれを土田の口に貼りつける。さすがに気持ち悪そうだ。

「しゃべる気になったか？」

まともに騒げなくなった男の耳元で尋ねた柾鷹に、土田は鼻で荒い息をつきながらも、迷うように視線を動かす。

「じゃあ、もうしばらく考えろ」

そう言い捨てると男の身体を強引に引きずり、トランクの死体の上へ冷酷に押しこんだ。

土田は白目を剝《む》くくらいいっぱいに目を見開き、くぐもった声でうなるような悲鳴を上げながら必死に暴れまわったが、柾鷹はそのまま勢いよくトランクを閉めた。

前嶋が息を呑むようにしてその様子を見つめている。

「さて。どれだけもつかな？」

唇で笑ってつぶやくと、柾鷹は閉じたトランクの上にどすんと腰を下ろした。雨に濡れた車のボディは、ちょっと滑りやすそうだ。

中では土田がトランクの扉をすごい勢いで蹴り上げ、声にならない声を上げ続けている。

狩屋はちらっと腕時計に目を落とした。

前嶋がハッと思い出したように車内から傘を引っ張りだし、急いで柾鷹の上に差し掛ける。

「つーか、この死体…、どこから出てきたんだ？」

傘の下で柾鷹が腕を組んで首をひねった。

「わかりませんが……、クスリの供給元ということはあり得ますね」

「で、何かトラブって殺した？」

柾鷹がこめかみのあたりを掻きながら額に皺を寄せる。

「ええ。ただ薬物で殺しているところをみると、トラブルで突発的に殺したというより、計画性がありそうですが」

そのあたりが腑《ふ》に落ちず、どうにも全体の絵が見えてこない。

「そういえば、千住がクスリに手を出しているという噂が神代会の方で広がっているようですが……、船江組長のことでしょうか？」

思い出して言った狩屋に、あー…、と渋い顔で柾鷹がうなる。

「かもな。だとすれば、噂だけじゃなかったってことか……」

厳密には千住組が、ではないが、船江組は千住の傘下になるので同じことだ。監督不行き届きのそしりは免《まぬか》れない。

千住としては早急に船江に処分を下して粛正《しゅくせい》を図る必要があった。ドラッグに関してだけいえば、厳重注意の上、制裁金というところだろうか。

が、顔に泥を塗られた事実は変わらない。

國充の常務理事就任にとって、もちろんプラスに働くことはないが、ただどの組にしてもよくある程度のこととも言える。

どこかの組が仕掛けたのだとすればちょっと中途半端で、単に船江が独断で金儲けに走っただけなら、こんな大事な時期になんてことをしてくれたんだ、という話だ。

ただこのトランクの死体が、どこのピースになるのかがわからない。

「この死体も、どこかへ運ばせるんだろうしな……」

柾鷹が難しい顔で顎を撫でた。

そう。アクシデントで殺したのなら、さっさと埋めるか、海に投げればいい。

わざわざこんなところに運んでいるのは、やはり何か目的があるはずだった。

狩屋たちが考えこんでいるうちに、トランクの中がやけに静かになっていた。

「五分です」

時計を見て、狩屋が告げる。

「あと五分くらい待った方がいいのか？」

「充分でしょう」

首をかしげた柾鷹に、狩屋はさらりと答えた。

普通の神経なら、五分でもとてももたない。それに國充たちが心配だった。

よいせっ、と勢いをつけて柾鷹がトランクから下り、扉を開ける。

中では土田がぐったりしていた。

「おいおい……」

つぶやいて柾鷹が男の身体を引っ張り出そうとしたのを、いったん傘を置いた前嶋が急いで手を貸した。

男はそのままずるずると力なく足下に崩れ落ちる。

蒼白な顔からガムテープを剝がしてやると、ものすごい勢いで咳きこんで、ゲェッと嘔吐した。

死体とあれだけ密着して閉じこめられたら無理もないが、危ないところだ。もう少し遅ければ、吐瀉物で窒息していたかもしれない。

「しゃべる気になったか？　つっちー」

しかし柾鷹は容赦なく男の髪をつかみ上げる。

「それともう一回、あのにーちゃんと一緒にトランクに入るか？」

脅したとたん、土田がものすごい勢いで首を振った。

「は…話す……から……っ、やめてくれよ……っ」

ボロボロと涙を流しながら、かすれた声でうめく。

「そうだ。人間素直が一番だからなー」

にやりと笑った柾鷹がぐしゃぐしゃと男の髪を乱した。そして一転、冷ややかな声で尋ねる。

「で？　船江は何がしたいんだ？」

「オ…オヤジさん…じゃ、なくて……」

話し始めた男の声はか細く、狩屋は集中して耳を澄ます。

「若…が……。でも……オヤジも……、ちょっと、若には……逆らえなく、なってきてる……みたいで……」

「若？」

「龍生さんですか？」

柾鷹はすぐには思い浮かばなかったようだが、狩屋の言葉に土田がうなずく。

さらに二、三度咳きこんでから、なんとか息を整えた。

「なんか、すげぇ……怖い人なんですよ、龍生さん……。いろいろ……容赦なくて。虫の居所が悪いと、兄貴とか、骨を二、三本折られて」

観念したのか、たまっていたものが噴き出したのか、何か憑《つ》き物が落ちたように、土田が話し出した。

「このままくすぶってるつもりはない、もっと稼ぐにはクスリを扱うしかない、って……自分で海外へ飛んでルートを作ったんですよ……」

「ほう……」

柾鷹がつぶやいた。

やり手で、バイタリティはあるようだ。その行動力は買えるのだが。

「ただ、取り引きするのに……千住の名前を使ったみたいで」

「……あぁ？」

さすがに柾鷹の声が剣呑《けんのん》にとがった。

「その、千住くらいじゃないと、むこうの組織が相手にしなかったらしくて……」

「つまり、千住の人間になりすまして龍生さんが取り引きしたということですか？」

確認した狩屋に、土田が申し訳なさそうに首を縮める。

「はじめは……わりとうまくいってたみたいですけど、今度向こうの人間が品物をもって直接来日することになって。それでちょっと、バレそうでヤバいってなって……」

「で、殺したのか？」

あきれたように柾鷹がうなる。

「一人殺したところで、解決する問題ですかね」

狩屋もちょっと眉を寄せた。

あまりに短絡的だ。

「ていうか……」

言いかけて、土田が何かに怯えるように口をつぐんだ。

「なんだ？　そこまでしゃべったんなら、全部話せ。どうせもう、おまえも船江には帰れねぇだろうしな」

柾鷹のそんな言葉に、土田が思いきって口を開く。

「龍生さん…、千住にとって代わりたいみたいで……、コレを利用して千住を潰そうって考えたみたいで」

「ハァ？　何しようっていうんだよ？」

さすがに柾鷹がいらだったような声を上げた。

「千住が……、ヤクに手を出したあげく、トラブルになって相手を殺したことにする、って。そしたら金を払わずに、相手がもってきたブツも手に入るし、……その、千住のオヤジさんの死体を転がしておけば、騒ぎになっても警察は相打ちだと判断するだろうって。向こうの組織の人間の怒りも、全部千住に矛先《ほこさき》が向くからちょうどいいって……」

土田がぶちまけた内容に、狩屋は知らず息を詰めた。

ツッコミどころ満載の無茶苦茶なスジだが、要するにポイントは、外国人のドラッグディーラーと千住の人間の死体が一緒に出れば、それだけで警察沙汰だし、世間も大騒ぎだ。そんな悪党の潰し合いのような事件に警察がどれだけ本腰を入れるかはわからない。恐ろしいことに、龍生が考えていたように共倒れということでさっさと幕引きを考えるかもしれない。いずれにしても、神代会は大いに迷惑するし、千住は破門ということになりかねなかった。単に、申し合わせを破ってクスリに手を出した、レベルの制裁ではすまないだろう。

その混乱に乗じて船江がのし上がる、という構想らしい。――龍生の頭では。

もちろん、そんなに簡単にいくはずもないが。

千住がドラッグに手を出しているという噂も、わざわざ柾鷹の店でエクスタシーを売っていたのも、説得力を持たせるための下地というわけだ。

――いや、今はそれよりも……。

「おい…、ちょっと待て」

柾鷹が低く声を絞り出した。そして次の瞬間、土田の喉元を引きつかむ。

「じゃあ、今、うちのオヤジはどこにいる!?」

「あそこ……、です。多分……」

弱々しく土田が指さしたのは、港の方向だ。

「貸倉庫？」

鋭く確認した狩屋に、男がうなずく。

「前嶋っ！　そいつを見とけっ」

叫ぶなり、柾鷹が走り出した。

狩屋もとっさにあとを追う。途中で気がついて、走りながら振り返って声を張り上げた。

「本家に……、頭に連絡を入れろ！」

わかりました！　と前嶋の声が背中に聞こえてくる。

雨の中、七、八分も走り続けてようやく闇の中に倉庫街らしい風景が現れた。

「車で来るべきだったな……」

柾鷹が雨か汗か、喉元を拭《ぬぐ》いながらつぶやく。

「そうでもないですよ。見張りがいますから、車だと目を引いたでしょう」

ささやくように狩屋は返した。

倉庫街への出入り口は、大型のトラックが行き来する必要からか、かなり道幅が広い。

その道路をがっちり塞ぐように、黒っぽい車が二台駐まっていた。他の車が入ってこないようにだろう。

暗闇に目を凝《こ》らすと、中には三人ずつが乗っているようだ。

ウィンドウを開けてバカ笑いしている男や、携帯をいじっている男。みんな二十代前半というところか。

龍生の計画だと、今回は死体を運びこんだり、千住との相討ちの場面を演出したりと、あとあとの偽装処理に人手がいるのだろう。

あるいは——國充をここに連れこむのに、頭数が必要だったのか。

國充にはもちろん、ボディガードが何人かついている。それを制圧しなければならなかったはずだ。

狩屋は思わず唇を噛んだ。

船江は先代からの腹心だった。裏切られるとは思ってもいなかったはずだ。

そもそも船江自身が、本家の親である國充のボディガードとして同行していてもおかしくない立場だ。今回はその船江の紹介であちこちの不動産をまわっていたとしたら、どこに連れて行かれても不思議ではない。國充にも油断があったのだろう。

もう少し早く自分が土田のことに対処していれば、事前に警告することができたはずだった。

——クソッ…！

たまらず、内心で自分を罵《ののし》る。

「行くぞ。終わったことは変えられねぇが、目の前の現実は変えられる」

狩屋の心の中を読んだように、柾鷹がポンと狩屋の肩をたたく。

「……はい」

深く息を吸いこんで答えた狩屋にうなずき、柾鷹が動いた。

連中は車の中にいるので、道路から外れた草むらの中を身を低くして進む。幸い雨音が草を踏む音を消してくれているようだ。

そして手近な建物に張りつくと、角からそっと奥をのぞきこんだ。

倉庫だけが建ち並ぶ奥の一角には街灯もなく、人気もなく、ひっそりと静まり返っていたが、遠くにポッと一瞬、赤い色が見えた。

わずかな時間差で二つ。タバコの火種だろう。

さらにじっと目を凝らすと、車も二、三台、そのあたりに駐まっているらしい。

と、その時、ふいにパッと、あたりがまぶしく光り輝いた。少し遅れて、ドーン！　と腹に響く低い音が伝わってくる。

星のない空に大輪の花火が連続して打ち上がっていた。スターマインだろうか。

少しばかり時季外れだったが、対岸あたりで花火大会が行われているらしい。賑やかな音楽もかすかに届いている。

こんな物騒な舞台に使われていなければ、ここは絶好の穴場スポットなのだろう。

なるほど、うかつにカップルが入ってこないように、出入り口に見張りは必要だ。

その華やかな光の下に、二人の男の影がはっきりと浮かび上がっていた。

「おっ、始まったぞ」

「たーまや～」

タバコを吹かしながら、のんびりと天を仰いでいる。

こちらも見張りのようだ。その奥にある倉庫が使われているのだろう。

「ほーお。龍生…、だっけか？　単なるイキったアホかと思ったが、意外と頭がいいな」

柾鷹がつぶやいた。

偶然でなければ、この花火の日に合わせて計画したわけだ。少々大きな物音を立ててもごまかせる。

――例えば、銃声、のような。

つまり相手は拳銃を持っている可能性がある。

「どうするかな…」

柾鷹が小さく唇をなめた。

そう、まさかこんな事態になるとは想定もしていなかったので、武器になるようなものは何もない。

「行くしかありませんよ」

しかし考えることなく、きっぱりと狩屋は言った。

柾鷹に先んじて、狩屋がこんなふうに突っ走るのはめずらしい。

狩屋と目を合わせ、柾鷹が小さく笑った。

「裏へまわってみよう。倉庫のでかさに比べて車が少ない。そんなに人数はいないかもな」

おそらく船江組が総出でやらかしているというより、龍生の主導で動いている。が、その龍生についていける人間がそう多くはないということだ。さっきの土田にしても、怖くて逆らえなかったというだけで、「若」に肩入れしていたようでもない。

船江の組長は息子を溺愛しているように見えたが、いつの間にか暴走する息子をコントロールできなくなってしまったのか。

息を整えて、柾鷹が動き出す。狩屋もあとに続いて、他の入り口を探した。

裏口も一つあったが、錆《さ》びた鉄扉でまともに開く気配はない。が、換気のためか、小さな窓がいくつかついているようだ。

中をのぞくと、壁近くまで何か——中古の車かそのパーツだろうか。みっしりと積み上げられていて、隙間から中に明かりがついているのはわかるが、内部の様子はうかがえない。

もちろん窓には鍵がかかっている。

狩屋は倉庫の上空がパッと花火で照らされたのを確認し、ついで音が鳴り響くタイミングで、力を加減しながら肘でガラスにヒビを入れた。それから慎重に破片を外していき、クレセント錠を手早くまわす。

そっと窓を引いて大きく開くと、柾鷹が先に乗り越えて中へ入った。

狩屋も続こうとしたが片手で制止され、分解された車のボディが積み上がった陰から中の様子を確認したようだ。

「人数は少ないな。龍生らしいのと、あと二人だけ。チャカが問題か……」

もどってきた柾鷹が顎を撫でる。

「そのくらいならなんとかなるのでは？」

無意識に勢いこんで言った狩屋に、柾鷹がにやっと笑う。

「そうだな。だが、外の連中に気づかれるとやっかいだ。……ここの前にいる二人を先に片付けられるか？」

まっすぐに聞かれ、狩屋は腹に力を入れるようにして小さく笑い返した。

「ええ。誰に言っているんですか」

「空手の黒帯だもんな。今、何段だっけ？」

「二段ですよ」

よし、と送り出して、柾鷹が中へと消える。

狩屋は再び外をまわり、花火のタイミングを見ながら、あえてゆっくりとした歩調で男たちに近づいていった。

倉庫を背にして優雅に花火を眺めていた男たちも、やがて狩屋の気配に気づいて何気なく振り返る。

「おい、どうした？」

倉庫の正面に近づきすぎなければ、花火が上がるまでは暗闇だ。まともに顔は見えない。仲間の誰かだと思ったのだろう、気安い調子で尋ねてくる。

「ちょっと火を貸してもらいたいと思って」

抑揚《よくよう》もなく答えた狩屋に、ああ…、とうなずき、男の方から一人、近づいてくる。

「まったく、信じられねぇよな。あの千住の組長がこんなとこで……――ん？　おまえ、誰……――ぐ…はっ」

至近距離でようやく顔を見た瞬間、狩屋の正拳《せいけん》が男の腹にまともにめりこんだ。声も上げられず、男の身体がずるりと地面に崩れ落ちる。

「……あ？　どうした？」

タバコをひと吹かしし、怪訝そうに振り返ったもう一人に、狩屋は地面を蹴って一気に距離を詰めると、重い回し蹴りを首筋にたたきこんだ。

んぐ…っ！　とくぐもった声だけもらして、男も地面へ倒れこむ。

狩屋は無意識に詰めていた息をそっと吐いた。

そのまま夜の海に放り投げてもよかったが、水音で他の連中に気づかれるとまずい。

どうやら中の連中が異変に気づいた様子はなく、二人の身体をとりあえず車の陰に引きずっておく。

セダンとワゴン車が駐められていたが、どちらのウィンドウもスモークガラスだ。

まわりこんで正面からワゴン車の中を確認し、ハッと息を呑んだ。

スーツ姿の男が三人、シートに投げ出されている。今日、國充についていた千住の人間だった。両手を後ろで縛られ、口にはガムテープ。それこそクスリ――睡眠導入剤でも盛られたのか、意識はないようだが、すでに死んでいればそんな拘束は必要ない。多分、まだ生きている。気がついた時に騒ぎ出さないように、という保険だろう。

少し迷ったが、ワゴン車はロックされていた。

キーは見張りの男が持っていそうだったが、意識のない三人を起こしている余裕はない。車の中に國充の姿はなかったのだ。

狩屋は彼らをそのままに、そっと倉庫の中をうかがった。

やはり車の解体工場なのか、三階建てほどの高い天井で、奥の方にはびっしりとパーツごとにストックされている。手前には解体途中の車が二、三台、骨組みを見せていて、端には大きなクレーン車が一台、アームを倉庫の中心の方に伸ばしている。

そしてそのちょうど下あたり、雑多な中でいくぶん大きなスペースのある中央付近に三人の男の背中が見えた。

真ん中にいる長身の男が龍生だろう。わずかにアッシュカラーの入ったくせ毛の茶髪で、片耳のピアス。スーツも身体に合ったスタイリッシュなものだ。ヤクザというより、少しチャラい系のアスリートという雰囲気だろうか。

と、その龍生の勝ち誇ったような笑い声が倉庫に響いた。

「まったく…、神代会最年少の総本部長って肩書きが泣くな！　千住の組長。こんなに簡単に罠《わな》にかかるとはなァ…！」

狩屋は倉庫の壁に身体をすりよせるようにして、そっと中へすべりこんだ。

男たちの背中を確認しながら、壁際に乱雑に置かれている部品や機材の間に身を隠し、ジリジリと近づいていく。

「罠ね……」

そして鼻を鳴らすようにしてつぶやいた男の声に、ドキッとした。

――オヤジさん……！

わずかに身を起こし、積まれたタイヤの隙間からそちらを眺めると、龍生と向き合うようにして國充が立っていた。

いや、タイヤを外した埃《ほこり》だらけの車のバンパーに、ゆったりと腰を下ろしている。

とりあえずは無事な姿に、狩屋は思わず安堵の息をついた。

そして素早く倉庫全体を見渡して、柾鷹の姿を探した。

あまりにも雑多にものが置かれすぎて見つかる気はしなかったが、……視界の隅をふっと黒いものがかすめた。

一瞬ハッとしたが、柾鷹ではなく、どうやら野良猫が迷いこんでいるらしい。体中真っ黒な、黒猫だ。こんな倉庫は雨風がしのげるいい場所なのだろう。特に今日は、花火の音も苦手なのかもしれない。

「船江がサシで話がしたいということだったからな。このところ様子もおかしかったし、妙に怪しい動きもあったし。船江のオヤジさんとは昨日今日の付き合いじゃねぇ。何か釈明があるんなら、きっちり聞いてやるのがスジだと思ったんだが……、なるほど。坊ちゃんがオイタをしていたわけか」

國充が軽く肩をすくめて、いかにものんびりとした口調で言った。

どうやら國充も、船江について薄々は何かを感じていたらしい。

「減らず口を…っ」

子供扱いに、龍生が憎々しげに吐き捨てた。

「ハハッ、千住の組長はすげぇやり手だって聞いてましたが、たいしたことはねぇ…。さっさとやっちまいましょうよ」

子分の一人が興奮したように高い声で叫んでいる。

それをまるで聞こえていないように無視して、國充が何気ない様子で手のひらの埃を払った。

「それにしても、また派手な茶番を考えたなァ…」

おもしろそうに笑って、ちろっと龍生の顔を眺める。

「ヤクのルートを新規で作ったのは立派だが、今回のスジはおまえの頭じゃ思いつかねぇだろ。

誰が裏で糸を引いてんだ？　滝口か…、浜中の方かな？」

國充の言葉に、狩屋はなるほど、とようやく腑に落ちた気がした。

龍生の裏に誰かがいるのだ。國充の常務理事就任を阻止したい誰かが。

そのために、とにかく千住を巻きこんで派手な騒ぎを起こしたかった。千住に成り代わりたいという野心のあった龍生が、そこを古狸《ふるだぬき》たちにつけこまれたというわけだ。

「う、うるさいっ！　知ったふうなことを言いやがって…っ」

図星を指されたのか、龍生の声がうわずった。

「何を約束されてんのかは知らないが、気ぃつけた方がいいぞー？　俺が死んだらおまえは用済みだし、むしろヘタに生きてられても面倒だ。行き掛けの駄賃におまえの作ったルート、まるごとおいしくいただいて、ポイされるのがオチだなー」

ひゃっひゃっと國充が笑う。

「滝口だの浜中だの……、あんなオヤジ連中は目じゃねぇんだよっ。おまえは自分の命の心配をしたらどうだっ？」

龍生が目をつり上げて嚙みついた。

「心配してどうにかなるのか？」

片方だけ眉を上げて、國充が薄く笑う。

「あのなァ…、坊や。人間、誰でもいつかは死ぬし、死ぬときゃ死ぬんだよ。命乞いしたけりゃ、ヤクザなんかやめとけや」

ピシャリと國充が言い放った。

覚悟が違う。格が違う。

どんな時でも、國充は自分の死を見つめているのだ。

常に自分の命をかけて、千住を守っている。

「……ハッ、いつまでそんな口がきけるかな」

大きく息を吸いこみ、憎々しげに龍生が言った。

そしてすぐ横の巨大なジャッキの上に置いてあったスーツケースを手荒に開く。

中には拳銃が数種類、きっちりとウレタンの型枠に収まっていた。

——これは……。

狩屋は思わず目をすがめる。唇が乾いてきた。

「今度はドラッグだけじゃなくて、この手の道具の流通にも手を広げてみようかと思っててな。実は今回も、むこうの組織から打診してきたんだよ。こういうブツがあるがどうか、ってな。つまり、これはサンプルってわけだ」

悦《えつ》に入《い》ったように言いながら、龍生が一つ、摘《つま》み上げてみせる。

ここから見る限り、グロックのようだ。

「千住に、打診してきたんだろ？　船江みたいなチンケな組じゃなくてな」

國充がせせら笑う。

そう、龍生は千住の名前で取り引きをしていたのだ。

そしてそれがバレそうになって、こんな事態になっている。向こうの客がエクスタシーと銃のサンプルを持ってきてくれたのはいいが、その客を殺して、このあと取り引きはどうするつもりなのだろう？

全部の責任を千住におっかぶせて、また一から新しいルートを開拓するつもりなのだろうか。

もっとも千住に成り代わって、すぐにでも神代会の幹部になれるくらいのバラ色のイメージが龍生の頭の中にあるのなら、それも簡単なことだと高をくくっているのかもしれないが。

実際のところ、ドラッグと銃をうまく商売で扱えれば、確かに実入りは大きい。

痛いところを突いたようで、龍生がすさまじい目で國充をにらみつけ、手にした銃を子分の一人に無造作に放り投げた。さらにもう一挺《いっちょう》つかみ上げて、別の子分に投げる。

「うわっ、とと……」

男はあせった顔で、それでもなんとか受け止めた。

「せっかくだ。試し撃ちでもしてみるか？　弾は入ってるよ」

「えっ…、いいんすかっ？」

酷薄《こくはく》に笑みで誘った龍生に、男がとまどいと興奮の入り交じった声を上げる。

「獲物は選び放題だ。外にはもう何匹かいるし、今、キャバクラで遊んでるお客さん連中もあとで呼びにやるしな。度胸をつけるにはいい機会だ」

「すげぇ……」

男が歓喜の表情を浮かべ、銃を両手で握って構えてみせる。

「そろそろ命乞いしたくなったか？　おっさん」

龍生が國充に向き直って言った。

「ほんとに頭が悪ぃな…。船江のオヤジも気の毒に」

やれやれ、と國充が大きなため息を吐き出した。

「だからさ…、なんだかんだ言っても、結局俺を殺すことに決めてんだろ？　俺が何をしようが、何を言おうが。何の脅しにもなんねぇんだよな。それがわからねぇかなァ…」

あきれたように言って、ふっと國充が顔を上げた。

まっすぐに龍生を見つめる。

「つまりおまえは、俺を殺すことしか、できねぇんだよ。おまえは、俺には、勝てない」

怒鳴るわけでもなく、ただ淡々と、ゆっくりと事実を突きつける。

これでは、どっちが脅しているのかわからない。

「な……」

龍生がカッと目を見開いた。

「勢いがありゃ、人を殺すことは誰でもできるかもしれねぇがな。だがおまえは、何人殺したところで今の俺のポジションには上がってこれねぇよ。誰にも認めてもらえない。神代会のお偉方にも、おまえのオヤジにもな」

「黙れっ！」

龍生のすさまじい怒号とともに、爆音が倉庫いっぱいに反響する。ビュン、と銃弾が風を切る音が聞こえたような気がした。

一瞬、確実に心臓が止まった。

もちろん、この仕事だ。いつこんなことがあってもおかしくはない、と認識していたはずだった。それでも、だ。

しかし次の瞬間、赤い線を引いたように、國充の頬に血の跡が走ったのが見えた。

弾は國充の頬をかすめて飛んだらしい。

それに気づいて、ようやくそっと息を吐いた。背中が冷や汗でじっとりと濡れている。

狩屋は無意識に額の汗を拭った。

「なめてんじゃねぇぞ…、おっさん！　俺は海外で何度も銃は撃ってる。次はきっちり狙って撃つからなっ」

「そんな遠くからでいいのか？　ん？　ほら…、処刑スタイルはどうだ？　きっちり頭に押しつけて撃った方が確実だと思うがなァ」

わめいた龍生に、國充が自分の指で銃を作り、頭に押し当てて、バーン、と撃ってみせる。

「てめぇ…、調子に乗るなよっ」

子分の一人が銃を握ったまま、勢いよく國充に向かっていく。

「――バカッ！　やめろっ、近づくなッ」

とっさに声を上げて、龍生がそれを止めた。

「なめるなよ…、そんな手に乗るか」

そして國充をにらみつけて鼻を鳴らす。

なるほど、少しは知恵がまわるらしい。いや、用心深い、ということかもしれない。

アメリカにしばらくいたようだから、そこでの実体験なのか。

國充に勝機があるとすれば、男に自ら近づいてこさせ、銃を奪いとるしかない。

覚悟はあるが、最後まで勝負を捨てるつもりはないのだ。この状況で、それだけ冷静でもある。

と、その時、ふいにガタン、と何か物音が響いた。

「なっ…、誰かいるのかっ?」

あせったように、男たちが音のした方へそろって銃を向ける。

狩屋がいるのとは反対側の壁際で、車の横にナットドライバーが転がっていた。まだ小さく揺れている。

「誰だっ！　出てこい！」

柾鷹か…、と一瞬あせったが、飛び出してきたのはさっきの黒猫だった。

みゃあ、と小さく泣いて、ものすごい勢いでジグザグに走り、國充がボンネットに座っている車の下に潜《もぐ》りこむ。

「ネコかよ……」

龍生が舌打ちした。肩から力が抜けたのがわかる。

と、狩屋の視界の中で何かが動き、引かれるように上を見ると、何かの点検用だろうか、高い位置にあるキャットウォークに柾鷹の姿があった。クレーンのアームの陰に身を潜《ひそ》めている。

とすると、ドライバーを落としたのは、やはり柾鷹だったのかもしれない。

柾鷹も狩屋に気づき、指でゴムを引き伸ばすようなジェスチャーのあと、指を三本立ててみせる。

——時間を稼げ。あと三分。

そう言いたいらしい。

「もうちょっと余裕を持てよ。こんなんでビビってんじゃ、とても人は撃てねーだろ。笑えるよなァ、ミーちゃん」

國充が床にしゃがみこみ、猫に勝手に名前をつけて話しかけている。

「脅かしやがって…、クソがっ」

キレたように叫ぶと、龍生が車の下にうずくまっているネコに銃を向けた。

かなり神経質になっているようだ。

すでに一人、人を殺し、さらに何人か殺そうという時だ。生まれて初めてくらいの大仕事を前に、気持ちは最高潮に高ぶっているのだろう。

「おい、よさないか。猫相手に」

國充が不機嫌に眉をひそめ、大きく腕を伸ばしたのと、龍生の発砲は同時だった。

あっ、とさすがに声が出そうになった。

「バカか、あんた。ネコをかばって自分が死ぬ気かよ」

龍生があきれたようにを首を振る。

遠目にも國充の二の腕あたりでスーツが裂け、鮮血が流れ出していた。さっき頬をかすめたのとは比べものにならない出血量だ。

しかし國充はその右腕を押さえて、ぞろりと立ち上がった。

ボンネットに身体をもたれさせ、まっすぐに龍生を見返す。

「……あ？　おかしなこと言う兄ちゃんだな…。おまえ、どっちにしろ俺を殺す気じゃなかったのか？　コイツが助かりゃ、命が一つ、もうけモンだろうが。おまえの頭じゃ、そんな簡単な計算もできないようだがな」

「やかましいっ！」

とぼけるように軽くいなされて、男が顔を真っ赤にして激高《げっこう》した。

「ったく、目障《めざわ》りなんだよっ！　あんたも、あんたのクソガキもなっ」

どうやら龍生は、柾鷹のことも目の敵《かたき》にしていたらしい。まあ、柾鷹よりも七、八歳年上だが、柾鷹の方が本家の跡目なので格は上だ。まわりの評判もいい。……ヤクザ的な、だが。

柾鷹がいなければ、と思うことは多いのかもしれない。なんでおまえなんだよ、と。

「いいさ…。わかった。アンタは俺が殺《や》る。アンタの息子の吠え面が楽しみだよっ」

決心したように言い放つと、龍生があらためて銃を構えた。

「あー…、そうか。そうだったな。あのガキなら、俺が死んでもきっちり落とし前はつけてくれんだろうからなァ……。楽しみに待ってろよ」

國充が晴れ晴れとした大きな笑顔を作る。

「そんなに死にたいなら殺してやるよッ」

龍生が引き金に指をかける。

――まずい…！

「オヤジさん…っ！」

それを意識した瞬間、狩屋は飛び出していた。

國充の前に立って龍生と――三人とまともに向き合う。

「な…っ、なんだおまえ……？　どこに隠れてやがったっ？」

あせったように一人が叫んだが、龍生がすぐに気づいたらしい。

「ハァ？　なんだ、丸腰かよ」

少し身体の力を抜いてせせら笑う。

「あんまり危ない挑発をしないでください…、オヤジさん」

肩で息をつき、狩屋は正面の男たちから目を離さないままに言った。

「おまえこそ…、なんでいるんだよ？」

さすがの國充も驚いたらしい。

がしっと強い力で、後ろから肩がつかまれる。

前の狩屋をどかそうとしているようだが、片腕しか使えない今の状態では狩屋の方が力は出せる。

「助けにきたのか？　丸腰で？　おまえ一人が？」

龍生がけたたましく笑い出した。

その笑い声が収まるのを待って、狩屋は静かに口を開いた。

「一人で来たと思うのか？　おめでたいな」

「なんだと…？」

わずかに怪訝そうに、龍生の表情が強ばる。

「そもそもどうしてこの場所がわかったと思うんだ？」

さらに聞き返した、次の瞬間――。

ズガガ……ッ、というすさまじい轟音《ごうおん》が沸き起こったかと思うと、すぐ横に折り重なるように積み上げられていた廃車のドアの山が一気に崩れ落ちた。

「な……っ」

あまりに突然のことに、誰も声が出ない。

男たちの視線がいっせいにそっちに引っ張られる。

大量の埃が舞い上がり、一瞬、視界が悪くなった——その瞬間、狩屋は手近な男の一人に飛びかかった。

銃を持った手首をつかみ、ひねり上げると同時に男の身体を床へ引き倒す。

ゴキッ、と鈍い音がして、どうやら腕の骨が折れたようだ。ぎゃあっ！　という押し潰されたような悲鳴がほとばしる。

「——おいっ！　何やってる!?　……ぐぁ…っ！」

混乱したように叫んだ龍生の声が、次の瞬間、低く途切れた。

ついで、ドサッ！　と何かが床へ倒れる重い音。

男を倒しながら横目に見た狩屋の視界に、柾鷹が天井から落ちてきた姿が映っていた。

どうやらクレーンのワイヤーをつかんでキャットウォークから飛び降り、その勢いのまま、龍生を蹴り倒したようだ。

「なっ…、おまえ…っ！」

ようやく埃が落ち着き始め、残った一人があわてて銃を構える。

振り向きざま、柾鷹がその男に思いきり何かを投げつけた。スパナかレンチだろうか。

「うわぁっ！」

あせって反射的に両腕で顔をかばった男に、柾鷹がすかさず跳び蹴りを食らわせる。

かなりの勢いで男の身体が吹っ飛び、タイヤにぶつかった。

その間に、狩屋は落ちていた銃を二挺拾い上げ、柾鷹がかがんで、もう一挺を回収する。

一段落して、狩屋はようやく大きく息をついた。ハッと思い出して、急いで國充のところにもどる。

「大丈夫ですか、オヤジさん。すぐに車を呼びますから」

「ああ…、大丈夫だ」

ボンネットに身体を預けたまま、國充もようやく緊張が抜けたように小さく首を振って息を吐いた。

そして顔を上げて、目を細めて狩屋を眺める。無事な方の手を伸ばして、狩屋の頭をぐしゃぐしゃと撫でた。

「無茶したなァ…、おまえら。おまえら二人か？　つーか、なんでここにいる？」

國充にしても疑問は多そうだ。

「それはまあ…、長い話になります」

そして説明は難しい。

答えながら、狩屋は國充の撃たれた腕を確認した。

裂けていたスーツと、その下のシャツをさらに大きく引き裂き、腕から肩まで剝き出しにすると、傷口をハンカチで押さえ、その上をポケットに入っていたイヤフォンのコードで縛り上げて、とりあえず止血した。

「弾は抜けてますか？」

「ああ…。いや、かすめただけだ」

むしろ、えぐれた、と言った方が正しい傷痕だ。

当然痛みはあるはずだが、顔をしかめただけで國充が答える。

「やめとけ」

と、ふいに鋭い柾鷹の声が耳を打って、ハッと狩屋は振り返った。

どうやら立ち上がった龍生が、ジャッキの上に置かれたスーツケースに手を伸ばそうとしていたらしい。確かに、あと一、二挺は残っているはずだ。

「柾鷹……、おまえ、どうして……？」

肩で荒い息をつきながら、龍生が淀んだ目で柾鷹をにらむ。

柾鷹がここを探し当てたことが不思議なようだが、……そう、実際、偶然に近い。

むしろ、幸運、と呼ぶべきだろう。

柾鷹はただ、遙のパスポートをとり返しにきただけなのだ。

それだけだった。

それが國充の命を救うことになったのだ。

何かのタイミングが少し違っていれば——、と想像するだけで、心臓が凍りつく。どうなっていたかなど、考えたくない。

「おまえの間違いはいろいろあるけどな……。一番でかかったのは、舎弟をいつでも好きに使える持ち駒だと思ってることだろうな」

淡々と返した柾鷹の言葉は、おそらく龍生には理解できないかもしれない。

それでも言い返す言葉もなく、龍生が唇を震わせながらジリジリと後ろに下がっている。

と、ものすごい勢いで走ってきた車が、シャッターの前で急ブレーキをかけた。

「龍生さんっ！　なんか変な車が何台も……っ。——えっ、おい、なんでこいつら……っ」

倉庫街の入り口にいた連中だろう。車から飛び出してきた男が叫ぶ。

が、状況が把握できないらしい。呆然とあたりを見まわしている。

さらにその後ろから数台の車が追いかけるように走りこんできて、血相を変えた男たちが次々と降りてきた。

見覚えのある顔だ。前嶋が連絡を入れたのだろう。

「外のワゴンに！　倉木さんたちがいます！」

若頭の瀬田の姿を見つけて、狩屋は大きく声を上げた。

しっかりと聞き取って、おいっ、と瀬田が号令をかけると、数人が急いでワゴンへ走る。

そんな一気に大人数が入り乱れる中、龍生がくるりと身体の向きを変えて、外へ走り出した。

「出せっ！　早くっ！」

開いたままだった車の助手席に転がるように乗りこみ、知らせにきた男は置き去りのまま、ヒステリックにわめいて車を出させた。

「な…っ、クソッ！　逃げたぞっ！」

気づいた千住の誰かが声を上げたが、柾鷹が後ろから呼び止めた。

「ほっとけ。深追いする必要はない。それより手を貸せ」

そう言って、ようやく父親のところにのっそりと近づいてくる。

途中で瀬田が追い越し、國充のもとへ走り寄った。

「オヤジさん……！　ケガは……っ」

「たいしたことはねぇよ」

顔を歪めた瀬田に、國充が軽く反対側の手を振る。

ホッと息をつき、言葉もないまま、瀬田がぽんぽんと狩屋の肩をたたいた。

と、柾鷹が國充の正面に立ち、ニッ、といたずらっ子みたいな笑みを見せる。

「正義の味方」

「嘘つけ」

ケッ、と國充が鼻で笑う。

「アクションスターかな？」

「阿呆《あほう》」

ちょっと首をかしげて言った柾鷹を、一言で却下する。

「じゃ、しゃーねぇな…。孝行息子ってことで」

柾鷹がかつてないほどのドヤ顔で言うと、國充が肩をすくめた。

「ま、今日のところは認めといてやろう。……いてて」

ケガをした腕を持ち上げて、小さくうめく。

それでも身体を起こし、腕を抱えたまま歩き出した。それに瀬田がしっかりと付き添う。

と、思い出したように立ち止まり、振り返って尋ねてくる。

「狩屋、今日は本家に帰ってくるだろ？」

「はい。オヤジさんもこのまま医者に行ってくれますよね？」

うなずいてしっかりと聞き返した狩屋に、國充が苦笑いを浮かべて車に乗りこんだ。

「心配するな」

と横から瀬田が言い添える。

それを見送って、思い出したように柾鷹と二人、回収していた銃を元のスーツケースにもどした。余りが一つ。もともと龍生が持っていた分だ。

他にも探せば、エクスタシーがどこかの車で見つかりそうだ。もしかすると、その代金分の現生も。

「柾鷹さんっ！」

さらに一台、シャッター前に停まった車から前嶋が降りてきた。

「おう。ご苦労だったな。つっちーはどうした？」

柾鷹が尋ねる。

「今日は八木のところに転がりこむそうです」

もちろん、もう船江のところにはもどれない。

「そうか。……あ、店長に連絡を入れて、偽造屋を解放してやらねーとな」

ようやく思い出したように顎を撫でた柾鷹に、狩屋が確認の意味でうなずいた。

「あの…、例の死体、どうします？」

わずかに声のトーンを落として、こそっと前嶋がうかがってくる。

「土田は車ごと置いていきましたけど」

それはそうだろう。それこそ職質でもされたら一発だ。

「あー…、そうだな」

柾鷹がちょっと首をひねり、出てきたばかりの倉庫をちらっと振り返る。

「とりあえず、全部この中にぶちこんどくか。船江の持ちもんだろ？　どうせ船江の後処理もしねーといけねぇんだろうし。むこうの組織の客人？　とかにも説明がいるだろうしな…」

いろいろとやることは多そうだ。うんざりするくらいに。

必要な指示を出してあとを任せ、前嶋の車に乗りこんだ。

さすがにホッと安心する。

柾鷹も肩の力を抜いて、背もたれに寄りかかった。疲れたように目を閉じている。

「柾鷹さん」

そっと呼びかけて、目を開けて向き直った柾鷹に、狩屋は車に置きっぱなしだったカバンから取り出したウェットティッシュと大判の絆創膏《ばんそうこう》を渡した。

「……なんだ、知ってたのか」

小さくつぶやいて、柾鷹は軽く握っていた右手を開く。

クレーン車のワイヤーを伝って飛び降りた時だろう。ひどくすりむいて、手のひらの皮がボロボロになっていた。出血もある。

「カッコイイですよ」

狩屋は静かに微笑んだ。

この手を、あえて父親に見せないところが、だ。

「当然だろ」

にやっと笑って、柾鷹が胸を張った。

……でもおそらく、國充は気づいていたのだろうけど。

◇　◇

この日、本家へもどった狩屋は、いったん風呂へ入って着替えた。

埃や油汚れや——血や、あの倉庫でかなり汚れていたし、まだ少し気持ちも高ぶっていたので、落ち着く時間が必要だった。

そして軽く夕食をとったあと、柾鷹とともにあの場所に行き着いた経緯を國充に説明した。

國充はそのまま馴染みの病院へ連れていかれ、しっかりと手当もしてもらったようだ。幸い、弾も貫通していた。肉をえぐって削りとっていた、という感じだ。

利き腕が使えないのはしばらくは不便そうだが、まあ命があるだけよかったと言える。

とりあえず柾鷹側と國充側の情報を出し合い、瀬田も入れて今後の対処を検討した。

船江に関しては、一応、言い分を聞く必要はあるだろう。今日明日にも、向こうから来るか、来なければ呼び出す。その上で、おそらくは船江組を解散させることになる。

龍生が実家へ逃げ帰ったかどうかはわからないが、組員は帰ってオヤジに報告しているはずだ。

だがさらに面倒なのは、外国からの客人だ。

ドラッグの製造元、あるいは仲卸で、武器取引も手がけているようだが、千住が関わっていたわけではないので、まったく情報がない。何人で来日しているのかもわからなかったが、このまま知らぬ存ぜぬで放り出すわけにもいかなかった。

なにしろ相手は、取引先を千住だと思っているのだ。いきなり連絡を絶てば、直接乗りこんでくるだろう。

殺された男以外は、どうやら龍生がキャバクラ接待をしているようなので、船江の組長か――組長自身がどこまで関わっているのかはわからなかったが――つっちーか、龍生に近かった組員を締め上げれば滞在先のホテルくらいはわかりそうだ。

「ま、俺が話をつけてくるわ」

めんどくさそうではあったが、柾鷹が耳の下を掻きながら言った。

「ご一緒します」

狩屋もすぐに続ける。

「どう話をつける？」

試すように、國充が尋ねた。

あー…、とちょっと考えるようになってから、柾鷹が口を開いた。

「船江は千住の傘下だが、騙《だま》したのは千住じゃないし、ろくに確認もせずに騙されたむこうも赤っ恥だ。そのあたりの落としどころはあるだろ。船江が用意していた金は渡す。わざわざ来日して、手ぶらじゃ帰れねぇだろうしな。ドラッグは引き取ってこっちで燃やす。あと問題は……、死体だな」

柾鷹がちょっと苦い顔をした。

「これはなァ…。死んだ男がどの位置にいるのかがわからねぇと、なんとも言いようがねぇんだよな」

まったくその通りだ。相手側の、その男との関係次第、思い入れ次第、というのか。

「とりあえず、死んだ事実を伝える。殺したのが船江龍生だということも伝える。オトシマエとして、船江組を解散させることも伝えとく。その上で、死体をどうするかを相手側と検討する」

続けた柾鷹が、確認するみたいにちらっと狩屋を横目に見る。

狩屋もうなずいて、あとを引き取った。

「具体的には…、遺体をそのまま持ち帰りたいのであれば、死亡診断書の偽造が必要になりますね。その上でエンバーミングの処置と。火葬して骨だけ持ち帰るのであれば、火葬場の手配を。いずれにしても、死亡診断書は必要ですね」

どうやらさっそく、あの偽造屋が使えそうだ。

「火葬なら簡単ですが、むこうでは火葬を嫌う人間も多いですからね……」

瀬田が難しい顔でつぶやいた。

「気持ち悪くじわじわ腐ってってって、ガイコツだけ残るって方が不気味だと思うけどなー……」

柾鷹が顔をしかめてうなったが、まあ、そのあたりは文化の違いだ。ただ火葬の方が格段に、こちらの手間としては楽になる。

「もしこのまま日本で埋葬していいのであれば、適当な墓地を作るか、無縁仏にするかですね」

「よっぽど人望がないか、こだわりがないなら、それもあり得るのか……？」

眉を寄せて、柾鷹が低くうなった。

どうやらこの可能性は、柾鷹としては考えていなかったらしい。

「本国に家族がいなければ、それもあり得るかもしれません」

「なるほど」

ふうむ、と顎を撫でる。そして柾鷹が続けた。

「もし仲間や家族が復讐を望むんなら、龍生の居場所についての情報は出してもいい。もう逃げてるかもしれねぇが、立ち寄りそうな場所はある程度、目星はつくだろ。船江のオヤジはかばうかもしれねぇが、ケツは自分で拭かねぇとな」

つまり、その場合、龍生の命の保証はない。相手の組織が大きければ、間違いなく数日中に遺体が浮かぶ。

「そんなところだろ」

左手で不器用に柿ピーを摘みながら、合格点を出すように國充がうなずいた。そしてにやりと笑って釘を刺す。

「妙な取り引きを持ちかけられてもうかつに乗るなよ」

「わかってるよ」

無愛想に柾鷹が言い返す。

実際、その可能性は十分にあった。

今後は新しく、正式に千住と取り引きをしたい、と。

もちろん受けるつもりはないが、むこうの組織の背後関係や情報ルートなどは把握しておきたいところだ。

検討会はそのくらいで終わり、あとはざっくりした雑談と飲み会になった。

國充は寝間着代わりの浴衣姿で、柾鷹も風呂に入って楽な甚平姿だ。國充もだが、柾鷹も手のひらの傷が沁みて痛そうで、狩屋が髪を洗ってやった。

父子そろって右手の負傷で、おたがいに盃に手を伸ばすのも、つまみをとるのもぎこちないのが微妙に笑える。そしてどちらも、それについてはまったく触れない。

「船江はオヤジの代からの付き合いだったからなァ…。ま、俺にいろいろと不満もあったんだろうが。他の傘下にも説明は必要になるだろうな」

國充がどこかしみじみと、淋しげな調子で口にする。

その膝の上には倉庫で見た黒猫が身体を伸ばし、おとなしく國充に背中を撫でられていた。

どうやら帰り際、國充の車に飛び乗ってきたらしい。命を助けられたという自覚があるのだろうか。しかもそのために大怪我を負ったのだ。

まあ、もしドライバーを落としたのが柾鷹のミスならば、柾鷹も助けられたことになるので、息子の尻拭いとも、その柾鷹に助けられたことを考えれば、情けは人の、とも言える。

「船江の組長というより、龍生さん方が先走った結果みたいですね。柾鷹さんへの対抗心が強かったようですから。野心家みたいでしたし」

狩屋は静かに言った。

「船江のオヤジは息子に期待をかけすぎたかな。ま、俺も息子はカワイイが、手をかけすぎるとダメになるんだろうなぁ」

「……あ？」

いかにもな口調で言った國充に、柾鷹が因縁《いんねん》をつけたそうな声を上げる。

「つまり俺の、カワイイ子には旅をさせろ的教育方針は間違ってなかったってことだな」

「言ってろ。つーか、オヤジに教育方針なんてもんはねーだろ」

自画自賛した國充に柾鷹が舌を出して、一気に盃を空けた。

ハッハッ、と笑って、國充が狩屋に視線を向けてくる。

「ま、うちには狩屋がいたからなー」

そんな信頼に、狩屋は小さく頭を下げた。

胸の奥がじわりと熱く、くすぐったくなる。

が、自分はいつでも、自分にできることしかしていなかった。

何よりもそばにいること、だ。そして決して裏切らないこと。どんな時でも味方でいること。

確かに龍生のそばにもそういう人間がいれば、また少し違ったのかもしれない。

「まっ、なんにせよ、感慨深いねぇ…。バカ息子に助けられる日が来るとはなー」

ちゃかした口調だったが、やはり親としては息子の成長はうれしいもののようだ。

言いながら、さりげなく國充の手が盃に伸びたのに目をとめ、狩屋は素早くその盃をかっさらった。

「……オヤジさん」

軽くにらむようにして、ピシャリと言った。

「お酒は当面、控えめにしてください。今日はもうおやすみになった方が」

「マジかよ……」

恨みがましい目で狩屋を眺め、いかにも不服そうになったが、やれやれ…、と國充が重い腰を上げた。

横にいた瀬田が喉で笑う。

「よかったよ、今日は狩屋がいてくれて。オヤジさん、狩屋の言うことだけは素直に聞いてくれますもんねぇ……」

それは過分な評価だが、まあ、柾鷹とは子供じみた意地の張り合いから衝突することも多いので、冷静な狩屋の忠告を採用してくれているというくらいだろう。

狩屋には意地を張る必要がない、ということだ。

息子の前では常に強い父親でありたいだろうし、子分たちの前でも常に揺るぎのない組長の姿を見せたい。

が、息子ではないが息子みたいなもん、という狩屋のポジションがちょうど楽をできる――そんな感覚なのだろうと思う。

二階の寝室まで送ろうと、狩屋も國充と一緒に席を立った。

膝にいた黒猫が気配を感じて素早く飛び降り、縁側に立ってぷるぷるっ、と身体を振る。

「本家で飼うんですか?」

何気なく尋ねた狩屋に、國充が肩をすくめる。

「居着くんならそれでいいさ。けど、どうだかな」

そんな会話を聞いていたように、黒猫が縁側からするりと庭に飛び降りた。

一度ちらっと振り返って、金色の目が國充を見つめる。

みゃう、と礼を言うように一声鳴くと、そのまま雨上がりの闇に溶けるように姿が消えてしまった。

「飼われたくねぇんだろ」

國充が吐息で笑う。

二階の國充の寝室へ入って、狩屋は素早くベッドのまわりをチェックした。

本家の部屋住みが毎日きっちりと整えているので特に問題はないのだが、今夜は枕元に水差しと冷却シートの準備を確かめる。

「発熱するかもしれませんからお気をつけて。何かあれば、すぐに呼んでください」

小姑《こじゅうと》みたいに、くどくどと注意してしまう。

「今夜は泊まっていくのか?」

小さく笑って、國充が尋ねてくる。

「はい、泊まらせていただきます。明日は包帯も替えますので」

ありがたいことに、幼い頃から狩屋の部屋も同じ二階の、柾鷹の隣に構えてもらっていた。部屋住みの若衆は一階の大部屋だったから、破格の扱いになる。

「それにしても、今回は運がよかったようだな…」

國充がベッドに腰を下ろし、その視線で狩屋は察して、水差しから水を軽く一杯、グラスに注いだ。

「本当にそうです」

グラスを差し出しながら、狩屋も身に沁みて思う。

「朝木……、遙、つったか? その男の件がなけりゃ、おまえたちはあの場所に来てなかったんだろ？」

「ええ」

もし遙がパスポートを盗まれていなかったとしたら。

あの時点で土田を追いかけていたかどうかはわからない。少なくとも、わざわざ柾鷹が、そして自分が足を運んであんなところまで行くことはなかっただろう。

本家へもどって、國充と連絡がとれないことを聞いて。それから必死に探し始めたとしても、突き止めた時には手遅れだったはずだ。本当にゾッとする。

「なるほど。幸運の女神様かもしれねぇなァ…」

國充がにやりと笑った。

「あのバカが必死に手を伸ばしても、なかなか届かないはずだよ」

そう。そして遙は、また遠くへ飛び立とうとしているのだ。


國充の前を辞して一階へもどった狩屋は、一人縁側で胡座《あぐら》をかいて座りこんでいる柾鷹の後ろ姿を見つけた。横に小さな盃とお銚子が一本、並んでいる。

「今日はお疲れ様でした」

静かに声をかけた狩屋に、ちらっと肩越しに振り返って、おう、と柾鷹が応えた。

「おまえもな。……オヤジ、寝たのか？」

「はい」

「オヤジも結構無茶するからなー。ちっとは立場を考えて、自重してもらいたいもんだぜ……」

柾鷹がぶつぶつと文句を言ったが、そのあたりは、横から見る限り、おたがいさまのような気がする。

狩屋は軽く微笑むだけで言及は避けた。

「つーか、おまえもよく飽きずに付き合ってくれてるよなー。ここに来て何年だっけ？　十…、六年？」

隣に腰を下ろし、自然にお銚子に手を伸ばした狩屋を、柾鷹が膝に頬杖をつくようにして斜めに見上げてくる。

「そうですね。四歳の時からお世話になってますから」

「そういやおまえ、一度も地元に帰ってないだろ？」

ちょっと眉を寄せて言った柾鷹に、狩屋はさらりと返す。

「必要ありませんから」

「ま、いいけどな」

深くは聞かず、柾鷹が空いていた盃を摘んで持ち上げた。

手のひらを覆う特大の絆創膏が痛々しいが、とりあえず指で盃を持つくらいはできるようだ。

狩屋は八分目程度に、そっと酒を注ぐ。

「おまえはさ……、オヤジに言われたから、俺についてんだよなぁ」

独り言のようにつぶやいた言葉に、狩屋は一瞬、口をつぐんだ。

柾鷹でもそんなことを考えたことがあったのか、という、ちょっとした驚きだ。

幼い頃からそばにいることが自然で、正直、狩屋としては疑問に思ったことはない。苦でもなかったし、迷いもない。

「オヤジさんに言われたから、柾鷹さんについています」

狩屋は静かに答えた。

それは絶対の事実だ。

「でも、言われなくてもそうしてましたよ」

続けて言って、小さく微笑んだ。

自分自身、それがおもしろいと思える。今の仕事も、そう、今日のようなイレギュラーな出来事さえも。

「俺も、柾鷹さんに出会ってしまいましたからね」

さらりと、何も考えずにそんな言葉が口からすべり出す。

他の人生は考えられなかった。必要とされる限りは。

そしてそのために、必要とされ続ける努力をするしかない。

國充には常に、敬愛と憧《あこが》れがあった。少しでも役に立ちたいという思い。迷惑をかけられないという思いが。

褒めてもらいたい、という無意識の欲求が。

だが柾鷹とは、常に共闘している感覚だった。

どちらを優先するわけではないが、それでもほんのちょっとだけ、國充を優先してしまうだろうか。

そもそも、狩屋にとっては立ち位置が違うのだが。

「おまえはカワイイよなー。ちゃんとそばにいてくれるもんな……」

柾鷹が大きな肩をすぼめるようにしてため息をついた。

ちょっと酔っているのか、しらふでこんな台詞《せりふ》が出るとすれば、相当まいっているのか、どちらかだ。

「遙は可愛くない……」

しょんぼりした目で柾鷹がつぶやいて、くいっと盃を空ける。

「嘘ですね」

そんな顔を眺めながら、狩屋はあっさりと言った。

ん？　と柾鷹が首をひねって狩屋を眺め、ハァ…、とため息をつく。

そして盃を置いて、そばに投げ出していたナイロンの薄い財布のようなものを引き寄せた。

ラウンドファスナーを開くと、中に入っていたのはパスポートだ。

赤いのと黒いのが一冊ずつ。

あの派手なアクションの中、なんとか死守したらしい。さすがに少しよれてしまっていたが、それでも使用に問題はなさそうだ。

ヘタな漫画みたいに、パスポート越しに柾鷹が胸を撃たれなくてよかった、とちらっと思う。

二冊まとめて持っていたので、ちょっとした銃弾くらいなら食い止めてくれそうだったが。

手元でパラリと赤いパスポートをめくり、柾鷹がしばらくじっと、遙の写真を眺めている。

軽くこするように、撫でるように、遙の写真をそっと指でなぞった。

「今、何時だ？」

写真を見つめたまま、やがてポツリと柾鷹が尋ねた。

「十一時過ぎですね」

深夜の遅い時間ではあったが、遙やその友人はとても眠るどころではないだろう。

「――瀬田！」

いきなり柾鷹が大きく叫んだ。

「なんでしょう？」

一階の奥にいたらしい瀬田が、すぐに姿を見せる。

「ちょっと頼まれてくれねぇか？」

はい、とうなずいた瀬田に、柾鷹がようやくパスポートを閉じて、二冊まとめてケースに入れ直した。

スッ…、とそれを瀬田に差し出す。

「コレを届けてやってくれないか？　朝木……、遙に。あーと、ホテルは……どこだっけ？」

「ここです」

と、狩屋が丁寧に折りたたんでいたメモをポケットから出して、瀬田に渡した。

狩屋が預かっていたそのメモは、着替えたあともしっかりと持っていた。もちろん記憶もしていたが。

「悪いな。狩屋じゃ、ちっとばかり都合が悪くてなー」

いくぶん気まずそうに言った柾鷹の横で、すみません、と狩屋も丁寧に頭を下げる。

本来、本家の若頭を使い走りにするような用事ではないのだが、柾鷹としては確実を期したい、ということなのだろう。

「あ、なるべくソフトな当たりで頼む。カタギの雰囲気で」

さらに注文をつけた柾鷹に、狩屋も付け加えた。

「うちのライブハウスの警備担当…、みたいな形がいいかもしれません」

「ハハ…、承知しました」

すべてを察している瀬田が、大きな笑みを作ってうなずく。

「すぐに行ってきます」

「頼む」

瀬田の背中を見送って、柾鷹が、あー…、と軽く天を仰いだ。

「写真にキスでもするのかと思いましたよ」

少しばかり軽口に言った狩屋に、柾鷹がふん、と鼻を鳴らす。

「バーカ。……って、やっときゃよかったかな？　ちっとキモい気もするが」

額に皺を寄せ、腕を組んでうなる。

「ま、ホンモノじゃねーと意味ねぇしな」

少しばかり強がるように言った柾鷹に、狩屋は尋ねた。

「ご自分で渡さなくてよかったんですか？」

「ヘタに顔を合わせると、遙もしんどいだろ」

柾鷹が肩をすくめる。

「行かせて、いいんですか？」

その横顔をじっと見つめ、狩屋はもう一度、確かめた。

一瞬、柾鷹が息を詰める。

そして、そっと目を伏せた。

「……いいさ。そういう巡り合わせなんだろ」

狩屋はちょっと考えて、ポケットから自分の携帯を取り出した。

「見つかったというご連絡だけ、差し上げてもいいと思いますよ」

狩屋の携帯は、卒業後に何度か番号を変えている。

ちょっと目を見張った柾鷹が、そっと手を伸ばしてきた。

黙ったまま、しばらくじっと携帯を眺めていたが、やがてゆっくりと指を動かして番号をプッシュする。まだ覚えているようだ。

呼び出し音が心臓を刻むようだった。……狩屋でさえ、だ。

それでも五コールくらいでふいにつながった。

もしもし――、と遙の声が耳に届く。

が、柾鷹は薄く唇を開いたまま、応えられなかった。瞬きもせずに一点を見つめている。

『どちら様ですか？』

さすがに少し不審そうな声が返る。

「あ…、ええと、『ムジカーレ』の警備担当の者です」

ようやく我に返って、柾鷹が言葉を押し出した。

特に声を変える意識はなかっただろうが、少しヘンなふうに歪んでいた。

電話越しならば気がつかないだろう。

あっ！　と電話の向こうで高い声が上がった。

『もしかしてパスポート、見つかったんですか？』

「ええ」

期待のこもった声に肯定すると、とたんに電話口で遙の声が弾けた。

『ほんとですか!?　ありがとうございます！　――あっ、今からすぐに取りにいかせてもらいますからっ』

気がせくように早口に言った遙に、柾鷹があわてて返した。

「あ、いえ、今からうちの者がホテルまでお届けにあがりますから」

『えっ…、そんなわざわざ……。申し訳ないですよ。こちらの責任なのに』

遙は恐縮して言ったが、むしろこちらの不手際だ。

「いえ、とんでもありません。ちょうど……、そちらの方へ行く者がおりましたから」

喉の奥に引っかかるような口調で、柾鷹がなんとか答えている。

なかばあきらめていたのだろう。ありがとうございました！　と満面の笑みが見える遙の声が、大きく狩屋の耳まで届いた。

「……では、失礼します」

一瞬、何か迷うような間があって、ようやく柾鷹がその言葉を唇に乗せる。

それでも電話を切ることができず、遙の方から切るのをしばらく待った。

ふつっ…、と回線が切れてから、ようやく柾鷹が携帯を持った手を下ろす。

ふう…、と肩で大きく息をついた。

「喜んでましたね」

それだけ言って、狩屋はそっと柾鷹の肩に手を置いた。

「ああ」

柾鷹が小さくつぶやく。

まともに声を聞いたのは……話したのは、柾鷹にしても高校を卒業して以来だろう。

これで遙は無事にアメリカへ行ける。が。

「かなり距離が離れてしまいますね」

今度は京都どころではなく。

「ま、これで俺が京都で油を売ることもなくなりそうだな」

ちらっと唇で笑うように言って、柾鷹が大きく息を吸いこんだ。

「遙の人生だ」

思い切るように、自分に言い聞かせるように言葉にする。

ええ、と狩屋もうなずいた。

「すべては縁ですから」

柾鷹が吐息で笑う。

手を伸ばして空の盃を摘んだので、狩屋はお銚子を手にとる。

今度はふちまでいっぱいに注ぐと、柾鷹が一気に空けた。

「そうだな。だからもし今度……、どっかで縁があったとしたら」

柾鷹が手の甲で唇を拭い、静かに言った。

「次は離さない」

※

※

「あの電話……、おまえだったのか!?」

大きく目を見開いて、遙が叫んだ。

さすがに想像もしていなかったらしい。

その驚いた顔は、柾鷹にとってもちょっとしたご褒美だ。

「十三年目の真実ってわけだなー」

そう言うと、なんかちょっとしたイイ話だ。

「おまえ、どうして今まで……」

遙が呆然とつぶやいたが、途中で言葉を呑む。

なんとなく察したのかもしれない。

なぜ言わなかったのか――。

確かにいつもなら、俺のおかげだろーっ、と目一杯アピールしていいところだったが、なんとなく恩に着せるようになるのは嫌だった。

が、まあ、実際のところ、特に大きな意味はないのかもしれない。単にタイミングがなかったというだけでもある。

そしてちょっと照れくさかった、というのもあるし、あのおよそ一年後に父親が亡くなったことで、あの時にもう少し父のまわりを警戒していれば、という後悔がしばらく消えなかったせいでもある。

今思い返しても苦い記憶であり、しかし同時に、かつて父と狩屋と三人で達成した大きな冒険のような、懐かしく切ない記憶でもある。

「そうか…。おまえが取り返してくれたのか」

遙が少し困惑した表情でつぶやいた。

一瞬、目が合って、なぜかとっさに遙がそらす。

行かせてもよかったのか――、とその眼差しが聞いた気がした。

だが遙自身、もしあの時、柾鷹がパスポートを破棄なりしていたとしたら、やはり納得はしていなかっただろう。その程度の男だ、という判断になったように思う。

が同時に、なりふり構わず引き止めてほしかった、という思いがあるのだろうか。そんなことをしても、遙を手に入れることができたとは思えないが。

むしろ永遠に失っていたかもしれない。

複雑な感情で、……しかしそれは今、こうして再会できているから言えることでもある。

なんだろう…、あの時は、柾鷹にとっても大きな賭けのような瞬間だったのだ。

パスポートを返してしまえば、もしかするともう二度と、遙に会うことはないかもしれない。

そんな怖さはあった。

――すべては縁ですから。

と、あの時に狩屋が言った言葉がすべてだったのだ。ただそれにすがるしかなかった。

あれ以来、柾鷹は遙の姿を探すのをやめた。

消息を追い続けていれば、日本にもどってきたのはわかるはずだったが、父が亡くなり千住の名跡《みょうせき》を継いだあとは、あえて自分からは動かなかった。

ただ、あきらめてはいなかった。

縁があれば、必ず――と。

それを信じることで、父の死後、ハイエナのように襲いかかってきた敵を蹴散らし、ここまで突き進んでこられたのかもしれない。

遙がそっとため息をついた。

「あの時の、人生で初めてのパスポートだったからまだ持ってるけど」

そして柾鷹に向き直って、少しばかり意味ありげに笑ってみせる。

「あれ、実はアメリカでも一度、盗まれたことがあるんだよな。学生寮で。でもすぐに犯人が捕まってもどってきたんだよ」

「ほー…」

何が言いたいのかわからず、柾鷹はとりあえずうなずく。

「どうりで、悪運が強いパスポートだと思った。おまえの妙な怨念《おんねん》込みだったんだな」

「……あぁ？　なんだよ、それは」

柾鷹はむっつりとうなったが、どうやら遙なりの、あの時の礼代わりの言葉らしい。

「あん時、断腸《だんちょう》の思いでおまえを行かせたことを思い出すと、俺は今でも胸がイタイんだけどなー…」

柾鷹は自分の胸を押さえて、しょんぼりと頭を垂れてみせる。

「政治家程度の嘆きだな」

しかしバッサリと容赦なく切り捨てられて、ぐぅ、と柾鷹はのけぞった。

断腸、の言葉のチョイスがまずかったのかもしれない。

それでも懲りずに遙の腰に腕をまわす。

「コーヒー豆、もらいにきたんだろ？　誰かにとりにいかせるからさ。待ってる間に……なっ？

おまえ、時間の有効利用にはうるさいだろ？」

「時間を効率的に使いたいだけだ。というか、台所まで何時間かける気だ？」

遙がきれいな眉をひそめて、冷ややかな眼差しを突きつけてくる。

それはそれで悪くないのだ。ちょっと背筋がゾクゾクして、もっと下の方までワクワクと期待に膨《ふく》らんでしまう。

「えっ、何時間もヤッていいのかっ？」

柾鷹はパッと表情を明るくして、ことさら大きな声で叫んだ。

「バ…ッ、——だからっ！」

遙があせったように声を上げたが、もちろん、わかっていて言っているのだ。

「なんならおまえの好きな豆、買いに走らせてやるよ。あ、栽培から始めてみるか？」

「バカだろ」

遙が白い目を向けてきた。

「なー、あの時のパスポートが見たいなっ。おまえの昔の写真」

背中から遙の身体に抱きついたまま、耳元でねだってみる。

「……わかったよ」

遙が肩越しにうんざりした表情を見せたが、根負けしたようにため息をついた。

「やったっ」

内心で柾鷹はガッツポーズを作る。

もちろん目的は写真ではない。というか、写真だけではない。

遙の背中を押すようにしてうきうきと部屋を出る柾鷹の後ろから、狩屋が笑みを含んだ声で言った。

「コーヒー豆はあとで持っていかせます」

「おう。あとでな」

この場合、数時間後の「あと」だ。

もちろん長い付き合い、狩屋との意思の疎通は完璧だ。

「おー。やっぱ、懐かしいなー」

いそいそと離れへ乗りこみ、二階の遙の寝室へずかずかと上がりこむと、遙がチェストの引き出しからすぐに昔のパスポートを取り出した。

もともと持ちものは多くなく、きちんと分類して整理されているので、どこに何があるというのをしっかりと把握しているようだ。

使いこまれ、スタンプも何ページにもわたって押されている。アメリカにいた時も、そこから何カ国かまわったのだろう。

見覚えのある写真を、やはりちょっと切ない思いで眺めてしまう。

基本的に変わっていないのだが、やはり若い。表情も少し硬く、初々《ういうい》しさがある。

いや、若いと思うことが、あの時から確実に十数年がたったという裏付けでもある。

無意識に指先が、その写真の顔を撫でてしまう。

「昔もそんなことしてたのか？」

ふいに背中から聞かれ、あ、とようやく自分のしていたことに気づいた。

「そりゃまーなー。あん時は実物に触れなかったしなー」

そう。声に触れただけで。

「キモいな」

「カワイイ男心だろ」

しかし眉をひそめて容赦なく言われ、柾鷹は唇をとがらせた。

そのまま一気に腕をまわして、遙の身体をベッドに押し倒す。パスポートはすかさずデスクの上に投げた。

「真っ昼間だぞ」

重い身体にのしかかられて、遙が冷ややかに下から見上げてきた。

が、特に抵抗する様子はない。もちろん遙だって、その気がなければあんな誘いに乗ったりしない。

あの時の借りを返しておこう、というつもりなのか、あるいは——あの頃の気持ちを思い出したのか。

遙にしても、離れていた間、自分のことを思い出した時はあったのだろうか……?

「だなー」

ある意味まともな指摘を意に介さず、柾鷹は膝立ちで上体だけベッドの上に起こして、着ていた甚平を脱ぎ捨てた。

「そういや、ひさしぶりだなっ。昼間にやんの」

にやにやと柾鷹の頬が緩んでしまう。午後の三時過ぎくらいだろうか。おたがいに自由業だからこそのメリットと言える。

「あえてやる必要はないけどな」

「いつ何時でも、メイクラブは神聖なものさ」

スカした顔で言いながら、柾鷹は手際よく遙のシャツのボタンを外していく。

「どこの新興宗教だ……」

あきれたように言いながらも、柾鷹が手のひらで脇腹から胸を撫で上げると、遙の息がわずかに熱く乱れた。

「んー…、鷹ピー教?」

脇腹を撫で撫でしながら言うと、ぷっ、と遙が噴き出した。

「バカだろ……」

手の下で柔らかな脇腹が隆起する。

「それ、教祖が手当たり次第に信者に手を出すヤバい宗教じゃないのか？　入信しないけど」

遙が意味ありげな目で眺めてくる。

「一生添い遂げるさ。ペンギンみたいに」

「カワイイ方に行ったな」

澄まして言った柾鷹に、遙が小さく笑った。

そして腕を持ち上げて、そっと柾鷹の頬を撫でてくる。優しい、穏やかな眼差し。

柾鷹は猫みたいにその手に顔をすり寄せる。

「いつもカワイイだろ？　んん……？」

少しかすれた声で返しながら、柾鷹は遙の頬に、そして首筋にと顔をこすりつけ、唇で肌をたどった。

「ん……」

かすかなあえぎ声と、不規則な吐息と。柔らかな体温が体中を押し包んでくる。

喉元に、顎に、唇を這わせ、甘い吐息を奪うように遙の唇を塞ぐ。

「んん…っ、……ふ……ぁ……」

自分の舌をねじこみ、たっぷりと遙の舌を味わい尽くした。

何度もキスを繰り返しながらシャツの前をすべてはだけさせ、指先でほんの小さな突起を見つけ出すと、執拗《しつよう》にいじって押し潰す。さらに唇を首筋から胸へとすべらせ、舌先で乳首をなめ上げてやる。

「ぁ…ん…っ」

甘い声が飛び出し、それだけで下肢がズクッと疼《うず》き始めた。

あっという間に硬く芯を立てた乳首にたっぷりと唾液を絡め、指先でこするように摘み上げると、遙が胸を反らせるようにして大きく身をよじった。

「バカ……、よせ……っ」

「なんで？　好きだろ？　ココ」

耳元でこっそりと、意地悪く言いながら、さらにきつく爪の先で乳首を弾いてやる。

恥ずかしげな、溶けるように淫らな表情がひどく可愛い。

あきらめたことはなかったが、それでもあの頃は、こんなふうに熱い身体を抱きしめられる日が来ることを想像してはいなかった。

ただ……ただ願っていただけで。もう一度、運命が交わることを。

そしてもしもそんな奇跡があったとしたら——もう二度と離さない。

下肢がどんどん熱く膨れ上がり、さすがに我慢できなくなる。

いったん手を離し、柾鷹はいくぶん手荒に遙のズボンを引き下ろした。

遙が両腕を伸ばして柾鷹の首にまわし、わずかに腰を持ち上げる。ラフな綿のパンツがするりと抜け落ち、下着も一緒に引き抜いた。

「——んっ…、あ……」

　その素足の間に柾鷹が片足をねじこむと、柔らかな内腿や敏感な中心が甚平のごわごわとした布にこすられて、遙が腰を逃がそうとする。

　その足を捕まえ、柾鷹は容赦なく押し広げた。

「なっ……、あぁ……っ」

　一瞬、大きく目を見開いた遙は、そのまま腰を浮かせるように足が折り曲げられ、恥ずかしい部分が男の目の前にさらされて、こらえきれないように視線をそらす。

　頬や首筋まで、上気して赤く染まっていた。

　そして剝き出しになった遙の中心はすでにねだるように頭をもたげ、先端からは蜜をにじませている。

「ほーお…、まだ触ってもねぇのにもう濡れてんじゃねぇか……」

　いかにもいやらしく口にして、舌先でぺろりとその蜜を吸い上げてやると、小さな悲鳴を上げて遙が腰を跳ね上げる。

　柾鷹はそのまま遙のモノをいっぱいに口にくわえこんだ。

　喉の奥まで呑みこみ、硬い口蓋《こうがい》で何度も全体をこすり上げてやる。さらにくびれのあたりを舌先でなめまわし、敏感な先端をきつく舌先でいじるように刺激する。

「あぁっ、あ…っ、あっ……、あ……ふ…ぁ…っ」

ガクガクと腰を揺すりながら、遙の指がきつくシーツを引きつかみ、押し寄せてくる快感の波を必死にこらえようとしていた。

唇の端から唾液がこぼれ落ち、その淫らでギリギリの表情がたまらない。

「気持ちイイか？　……ほら、こっちもな」

にやにやと言いながら、柾鷹はさらに高く遙の腰を持ち上げ、谷間を無造作に指で押し開く。

そのまま細い溝《みぞ》を何度も舌でたどり、甘い声を上げさせてから、奥の隠された窄《すぼ》まりに舌先をねじこんだ。

「ダメだ…っ、そこ……っ」

とっさに遙が腰を引こうとしたが力尽くで押さえこみ、抵抗を許さないままにきつく締まった襞《ひだ》を熱い舌で溶かしていく。

「ふ……ぁ……、あ…ぁ…っ…、ん…っ」

くちゅっくちゅっと濡れた音と甘いあえぎ声が、まだ明るい寝室に気だるくこもっている。

頑なな襞が執拗な愛撫に屈して次第にとろけ始め、柾鷹はいったん口を離して指先でそこを押し広げた。

淡く色づき、誘うように収縮を繰り返す襞が、柾鷹の指をしゃぶるように絡みついてくる。

グッと一本、中へ押し入れると、すさまじい勢いでくわえこまれ、さらに奥へと引きずりこまれるようだった。

「すげぇな……」

知らず顔が笑み崩れてしまう。

柾鷹は何度も指を出し入れして徐々に馴染ませ、さらに二本に増やして、熱く潤んだ中を大きく掻きまわしてやる。

「あぁ……っ、あっ、あっ……あぁ…っ、いい……っ」

遙の腰が柾鷹の指を味わうように淫らに揺れ、前もピチピチと跳ねて蜜を垂らしている。

「たまらねぇな……」

かすれた声でつぶやいて、柾鷹は指を引き抜くと膝を立てた。

自分のモノもすでに硬く張り詰め、痛いくらいだ。

「あぁ…っ、まだ……っ」

刺激を失って、遙がねだるような声を上げる。伸びてきた遙の手が、引き寄せるように柾鷹の腕をつかむ。

「もっとイイものをやるよ」

優しげに言って、涙に濡れた遙の頰を撫で、柾鷹は無造作に自分のモノを取り出した。

遙のいやらしくうごめく部分に押し当ててやる。

「あ……」

そのまま硬く濡れた先端をとろけた襞にこすりつけ、しばらく焦《じ》らすように表面を掻きまわすと、遙が我慢できないように荒い息を吐いた。唇を薄く開き、淫らに赤い舌をのぞかせる。

「コレが欲しいか？　ん……？」

柾鷹が手のひらで遙の頬を撫で、そっとかがんで、耳元でささやくように尋ねる。

陶然《とうぜん》とした遙の顔にサッと赤みが差し、悔しげな涙目がにらみつけてくる。

「早く……、入れろ……っ」

「ハハ…、俺も限界だ」

絞り出すように言うと、柾鷹は一気に自分のモノを押し入れた。

「あぁぁぁぁ……っ！」

遙の身体が大きく伸び上がり、柾鷹の男を包みこむようにして締めつけてくる。

軽く揺すって、さらにきつく締まったのを待ち、柾鷹は一度、一気に引き抜いた。

「やぁ…っ、……まだ…っ、まだ……っ…――あぁぁ……っ！」

「まだ、な……」

切なげに声を上げた遙の腰を抱え直し、柾鷹はもう一度、根元まで突き入れる。

熱く濡れた中できつく締めつけられる感触が脳を突き抜けるように気持ちがいい。鳥肌が立つようだ。

柾鷹はそのまま突き崩すように何度も貫き、一番奥で何度も揺すり上げた。

「あぁぁっ、いい……っ」

遙が大きく身体をのけぞらせ、さらに深くくわえこまれる気がする。

どれだけ味わい尽くしても底が見えないような感覚に囚われてしまう。

幸せな拘束だ。

「——イク……ッ」

痙攣しながら遙が達したのと同時に、こらえきれず柾鷹も中へぶちまけた。

一瞬、ぼうっとしたが、軽く頭を振って、柾鷹は自分のモノを引き抜いた。

が、まだ足りないことはわかっている。

手を伸ばしてぐったりとした遙の身体をひっくり返し、腰を持ち上げると、もう一度熱く濡れた中へ突き入れる。

「な…、バカ……っ、まだ……」

ようやく何をされているのか気づいたみたいに、遙が一瞬、抵抗を見せたが、柾鷹はかまわず、細い腰をつかんでガツガツとむさぼった。

遙の背中が大きくしなり、誘われるように細いうなじにキスを落とす。嚙みつくみたいに、きつく。

「つっ……」

やはり少し痛かったのか、遙の身体がびくん、と揺れた。

「吸血鬼の気持ちがわかるな……」

わずかに残った歯の痕を指でなぞり、無意識につぶやいた柾鷹に、遙が肩越しに気味悪そうな目を向けてくる。

「うまそうな首筋だ」

「バカだろ……」

まじめに説明したが、一言で蹴られる。

「可愛くないぞー」

恨みがましく言いながら、柾鷹は両手を前にまわして、遙の胸を執拗にもてあそんだ。

「よせ…ッ、バカ……っ」

遙が逃れようと大きく身をよじったが、柾鷹は汗の浮いた背中に唇を這わせ、抜けていた自分のモノをもう一度、中へ突き入れた。

「──あぁぁぁ……っ！　は…ぁ……っ」

びくん、と遙の腰が大きく跳ねる。

そのまま何度も根元までねじこみ、激しく揺すり上げる。

「んっ…、あぁっ…、いい…っ、いい……っ！」

熱っぽくあえぎ、高まる声がさらに柾鷹を追い立てる。

中の男がちぎれるほどにきつく締めつけられ、こらえきれずに柾鷹も低いうなり声を上げて遙の中で果てた。

脱力感が全身を覆い、ほとんど搾《しぼ》り取られたような感覚だ。

同時に遙も達したようで、ぐったりと熱い身体がシーツに沈む。

しばらくは重なり合ったたまま、おたがいに荒い息を整える。

熱いくらいに溶け合った体温が心地よい。

ようやく指を動かして遙の髪を撫でると、ふっと遙が肩越しに振り返った。

「もっと若い時の俺とやりたかったのか……？」

かすれた声で、そんな言葉が耳に届く。

柾鷹は思わず目をパチパチさせた。

そんなことを考えてたのか、と少し驚き、妙にうれしくもなる。

「そりゃ、いつでもやりたかったけどな……」

柾鷹はことさらのんびりとした口調で返した。

「でも今のこのカラダも最高だからなー」

ちゅっ、と背中の肩甲骨のあたりにキスを落とす。

「物好きめ……」

小さくなじった遙の目が優しく瞬き、身体を伸ばしてしばしの休息を味わう。

柾鷹はそのきれいな背中の感触を楽しむように、そっと手のひらで撫で下ろした。

もしオヤジがあれほど早く死んでいなかったら。

こんなに早く千住の跡を継ぐことがなかったら、遙のことはあきらめていたかもしれないな…、と、ふと思う。

時間をかけてこの世界をもっと学び、父から教えを受けて。まわりを固めて。

万全の準備で、自信を持って譲り受けることができていたら。

お守り――と、遙のことを呼んだのは無意識だったが、揺るぎのないものを、どうしても手に入れたかったのかもしれない。

千住を守っていける確固たる自信は、今もない。

それでも戦えるのは、自分にはこのお守りがあると知っているからだ。

もちろん今も、これからも戦いは続くが、女神様の加護は間違いなく腕の中にあった――。

end.

Let's Karaoke! ―その夜。―

「えー、なに、そうなの？」

国香知紘《くにかちひろ》がちょっと眉を寄せて、電話の向こうに不審そうな声を上げている。

能上智哉《のがみともちか》は本日三杯目のアイスコーヒーをストローで吸い上げながら、カフェのテーブルに頬《ほお》杖をついてその様子を眺《なが》めていた。

時刻は午後九時をまわり、すでにカフェの大きな窓の外は真っ暗で、道行く人もまばらになっている。

夕方からずっとこのカフェに居続けですでに五時間ほどもたっているので、店員たちには怪しい目で見られそうだが、まあ、途中でドリンクもフードも結構な量をとっているので営業的には問題ないはずだ。折《おり》しも夏休みのまっただ中で、男子高校生三人が集まってだべっている姿もそうめずらしくはないだろう。

むしろそろそろ営業時間が終わりそうなのが心配だが、このカフェの入った巨大なショッピングパークに隣接するタワーマンションの一室に誘拐《ゆうかい》された女の子がいるらしく、この場所がその正面玄関を見張るのに絶好のポイントだったため、場所を移すわけにはいかなかった。

それでもこんなにのんびりとしていられるのは、それが父親による狂言誘拐だとわかっているからだ。子供の安全はとりあえず保証されている。

どちらかと言えばもう一人、別に拉致《らち》された男がいるらしく、そっちの方が命の危険があるヤバい状態らしいが、それは別の人間が救出に向かっているようだった。

知紘の父親である、神代《かみしろ》会系千住《せんじゅ》組の組長、千住柾鷹《まさたか》が、だ。

今、知紘が電話している相手は、その千住組の若頭のようだった。

確か、狩屋《かりや》、といっただろうか。以前に一度、知紘の実家……千住組の本家に遊びに（という か暇つぶしに？）行った時に会ったことがあった。物静かで落ち着いた雰囲気の男で、高校生相手にも腰の低い人だったが、さすがの迫力でまともな挨拶《あいさつ》もできなかった気がする。正直、あまり近づきたくはない。

……とは思うのだが、なぜかその千住組の跡目《あとめ》である知紘とは、いつの間にか、こうして夏休みにも顔を合わせるくらいの付き合いができてしまっていた。

知紘と、その友人――恋人？ である、生野祐哉《いくのゆうや》の二人とは。

そもそも同じ瑞杜《みずもり》学園という、地方の全寮制の学校に行っているのだが、今は夏休みの帰省中だった。

そして今日はいきなり知紘からの電話があって、この場所に呼び出されたのである。

本当は父親が国会議員である能上から、今回の狂言誘拐を企んだ中路《なかじ》という代議士の情報を得るために連絡してきたようだが、物理的に人手も欲しいということで、……まあ、能上も暇だったこともあり、のこのこやってきたわけだ。

実際のところ、知紘たちと行動を共にすると、かなりの確率でやっかいごとに巻きこまれている気がする。が、それが案外、嫌ではない――ちょっとおもしろい、と思ってしまえるのも、少しばかりマズい気がする。

結局、なんだかんだで付き合ってしまうのだが。

「そりゃまあ、こっちは急いで迎えに来なくても問題ないんだろうけど。でも里桜《りお》ちゃんはずっと不安なままなんだよ？　自分を無理やり連れてきた知らない人間に囲まれてさ。トラウマになったらどーするんだよ。父親失格だねっ」

知紘が電話でぎゃんぎゃん怒っている。

実業家の妻から身代金をせしめるために自分の娘の狂言誘拐をやらかすというのは、もちろん父親としても、国会議員としても失格なのは間違いない。が、どうやら、その裏では千住組と敵対するヤクザが絡んでいるようだった。

だからこそ、状況はさらにややこしいことになっているのだろうが。

「じゃあ、こっちはもう動いていいってこと？　っていうか、動かないとまずいよねえ？　このままだったら、誰も迎えに来ないってことでしょ？」

額に似つかわしくない皺《しわ》を寄せて、知紘が状況を確認している。

「で、遙《はるか》先生は大丈夫なの？　……あ、そう。そりゃそうだよね。僕がここまで情報出して助けられなかったら、父さんの存在価値なんかないもんね」

知紘がバッサリと言い切った。実の父親に対して、すごい言い草だ。

能上は思わず、飲んでいたコーヒーを喉《のど》に詰まらせそうになった。

横で生野がいささか決まりの悪い顔をしている。

美少女めいた容姿で、いつもにこにこ明るく人当たりのいい知紘は学校でも人気者だが、それが表の顔だということは、能上も今では理解している。

実際、結構な毒舌なのだ。

「……うん。じゃ、ちょっと行ってくるよ。またあとで連絡入れるから」

そんなコンビニにお使いにでも行くような軽い言葉で通話を終え、知紘が持っていた携帯を生野に渡した。もともと生野の携帯らしい。

「じゃ、行こっか」

そして向き直って、あっさりと言う。

「行くって…、その子を助けにってことか?」

能上は無意識に姿勢を伸ばして聞き返した。

当初の予定では——犯人側の予定、ということだが——中路が娘をここに迎えに来ることになっていたはずだ。

「そ。なんか中路がねー、奥さんについて一緒に身代金を運んでいったんだって。やっぱりちょっとおかしいと思ったのかな? そもそもヤクザの口車に乗るのがおかしいんだけどね」

それをおまえが言うのか、という気もするが、とりあえず能上も口にはしなかった。

「向こうの計画は多分、失敗するから、そうなると里桜ちゃんの迎えは誰も来なくなるでしょ。それにこっちで誘拐してるヤツらは連絡待ちしてるはずだから、その連絡がこなかったら下っ端の連中はどう動けばいいのかわかんなくなるだろうし。パニクって里桜ちゃんが何されるかわかんないね」

「それは…、早めに迎えにいった方がいいですね」

知紘の言葉に、生野がいくぶん緊張感をにじませて言った。

能上が今把握している内容では、誘拐犯は三人。みんな二十代くらいの若い連中だ。どうやら、裏で中路を操っている「峰岸《みねぎし》組」の下っ端らしい。ただその中の一人、矢田《やだ》という男は、何かワケありでこちらの味方のようだった。

そして子供が連れこまれている場所が、中路の、というか峰岸組長の愛人宅で、それが隣のタワーマンションの一室になる。

「うん。矢田に今から行くって連絡しとけば、マンションの玄関も、部屋のドアも普通に開けてもらえるしね。あとは残りの二人を片付ければ楽勝じゃない？　こっちは三人いるんだし」

あっさりと知紘が言う。

「……それは俺も頭数に入ってるのか？」

三人、という勘定に、思わず能上は確認した。

「あたりまえでしょ。ここまで来て何言ってんだよ」

やはり当然のように返される。が。

「はっきり言っとくけど、俺はケンカが強い方じゃないぞ？」

残り二人といっても、向こうは仮にもヤクザだし（いや、こちらも能上以外はヤクザといって差し支えないが）、こちらは高校生だし、知紘はどう見ても腕力的には戦力外だ。

「わかってるよー。でもま、こっちには生野がいるからねっ」

知紘がにっこりと笑った。

絶対の信頼らしい。まあ、空手のインターハイで全国覇者になろうかという男なら、確かに相手としては物足りないくらいかもしれない。

むしろ、うかつに騒ぎを起こすと出場禁止になるんじゃないのか？　という心配が能上の頭をかすめるが、おそらく生野にしてみればどうでもいいことなのだろう。空手のタイトルをとることが、空手をやっている目的ではない。

「じゃ、行こっか」

手元のスムージーを飲み干して、よし、と知紘が立ち上がった。

生野が知紘のカップもまとめてゴミ箱に放りこんでいる間に、知紘が再び生野に借りた携帯で連絡を入れている。さっき言っていた矢田にだろう。

「……今から行くから。玄関のオートロックと、あと部屋のドアを開けてくれる？　……そう。大丈夫だよ。峰岸の計画は失敗するから、どのみち迎えは来ない」

カフェを出てマンションへ向かって歩き出しながら、的確な知紘の指示が続いている。

「峰岸は終わりだよ」

そして最後に、静かな笑みを浮かべてさらりと言った。

……怖い。

まさに悪魔の微笑みだ。

できれば敵にまわしたくないし、あまり近づきたくはない。が、……逆に、自分には想像もできない大きなことを鮮やかにやってくれそうで、それを近くで見ていたいような気もする。妙な魔力だ。

すぐにタワーマンションの玄関前に到着して、知紘が部屋番号のインターフォンを押す。

はい、とすぐに応対があった。矢田だ。

なるほど、犯人たちにしてもそろそろ迎えが来る時間だとわかっているので、特に警戒することがないのだろう。狂言だけに、警察の介入も想定していない。

あっさりとオートロックの自動ドアが開き、豪華なエントランスへ入る。正面のエレベーターに乗りこむと、連動らしくすでに階数は指定されていた。音もなく上昇し、二十八階で停止する。

あらかじめ聞いていた部屋番号は二八〇一。

エレベーターを降りると、さすがに緊張で心臓が痛くなった。

こっそりとうかがうと、知紘や生野はふだんと変わらず平然とした顔をしているが、能上は反社会勢力とは縁がない――なかった、ごく普通の高校生なのだ。ただ父親が悪徳政治家というだけの。

「あ、ここだねー」

と、知紘がエレベーターホールを抜けた先の、一番手前の重厚感あふれる大きなドアの前ですぐに立ち止まった。

躊躇《ちゅうちょ》なく、インターフォンを押す。

待ち構えていたように、はい、と応答したのはやはり矢田だ。

そしてすぐに中からドアが開かれる。

やはり三人の犯人たちのなかで矢田が一番下っ端らしく、そんな使い走りのようなことをやる役目なのだろう。

姿を見せた矢田は、やはり緊張で顔が強ばっていた。矢田にしてみれば、組織を裏切る覚悟なのだ。能上の緊張なんかよりも、さらに大きいはずだった。

「お疲れ。問題ないよ」

それに知紘がにっこりと笑う。

その無邪気な明るさは、冷静に考えると恐ろしいのだが、矢田には心強いだろう。ガクガクと小刻みにうなずいた。

「……あ、これ」

そして思い出したように、矢田が携帯を差し出してきた。連絡用に使っていたらしい知紘の携帯だ。

「外、出てて。僕たちとのこと、他のヤツらにバレない方がいいでしょ」

さんきゅ、と受けとって、知紘が促す。

矢田は裸足《はだし》のままあわてて廊下へ出た。

意外と細かい配慮だ。あとで責められても、不意打ちであっさりと倒されて気を失っていた、とでも言い訳はできる。

さすがタワマンの一室らしく、部屋の間取りはよくわからないが、かなり広そうだった。大理石張りの玄関から、玄関ホールもかなりゆったりとした造りで、二方向へ廊下が続いていたが、片方はバスルームのようだ。

リビングや何かはまっすぐに進んだ先のようで、生野が先頭に立って進んでいく。

「ほら、お迎えだ。ガキを連れてこいよ」

「ようやくかよ……。ったく、ダルかったなー」

そんな間延びした男たちの声が奥の方から聞こえてくる。

廊下にはいくつかドアがあったが、ちらっと生野が振り返って知紘と視線を合わせ、その声の聞こえたドアを生野が大きく開いた。

どうやらリビングらしく、正面の大きな窓から高層階の売りだろう、都下の素晴らしい眺望が目に飛びこんでくる。

が、その手前のソファにだらしなく転がって携帯をいじっていたのは、こんな部屋の住人には似つかわしくない風貌の若い男たちだ。

「お迎えでーす」

と、朗《ほが》らかな声を上げて堂々とリビングに入りこんだ知紘に、あ？　と間抜けた顔を上げた。

予想外で固まったらしい。が、まったく危機感は感じていないようだ。

まあ、そうだろう。自分たちよりもずっと若い子供で、知紘にいたっては女の子かというくらいのアイドル顔だ。

「なんだ、おまえ？」

ようやく男の一人がのっそりと立ち上がって、怪訝《けげん》そうに聞いてきた。

「だから里桜ちゃんのお迎え。里桜ちゃん、どこにいるの？」

相変わらず友達の家にでも来たような気軽な様子だ。

と、その時、能上の後ろから女の声がした。

「誰、あんた？　中路の使い？」

どうやらこの部屋の住人の、中路の愛人らしい。と同時に、峰岸の愛人でもある。

一瞬、ドキッとしたが、振り返った能上は落ち着いて尋ねた。

「里桜ちゃん、どこですか？」

「あっちよ」

と、あっさりと女が指さしたので、能上はちらっと中の知紘たちと視線を交わしてから、とりあえずそちらの部屋へ向かった。

ドアを開けようとすると、すぐに後ろからドタバタと結構な物音が響いてくる。

そして男の怒号と、女の悲鳴と。

「おい…、なんだ、おまえっ」

「——クソッ！　ふざけんなよ!?」

「ちょっ…、なんなのよ、あんたたちっ！」

しかしあっという間に静かになった。

「どーしよー？　ガムテとか、どっかにあるー？」

そしてのんびりとした知紘の声。

問題なさそうだな、と思いながら、能上はドアを開いた。

瞬間、部屋の隅で小さくうずくまっていた女の子が、ビクッとしたように身を引き、怯《おび》えた顔で能上を見上げてきた。ギュッと、両手いっぱいに犬のぬいぐるみを抱えている。

「えーと、里桜ちゃん？」

能上はできるだけ優しく呼びかけた。

警戒しながらも、女の子が小さくうなずく。

「迎えにきたよ。おうちに帰ろうか？」

「おうち……、帰るの……？」

里桜が目をパチパチさせて様子をうかがってくる。

と、その時、後ろから知紘が姿を見せた。

「あっ、里桜ちゃん！」

その知紘の顔を見たとたん、里桜がパッと立ち上がって走ってきた。

「おにいちゃんっ」

知紘も小走りに近づいて、ぬいぐるみごと里桜の身体を抱き上げる。

「大丈夫？　もう怖くないからねー」

優しく声をかける知紘に、知り合いだったのか、と能上は初めて気づいた。

が、正直、接点がわからない。

「早くお母さんとこ、帰ろ」

にっこりと笑って言った知紘に、安心したように里桜もうなずく。

「そうだ。記念写真、撮っとこ」

ふいに思いついたようにはしゃいだ声を上げて、知紘がもどってきたばかりの自分の携帯で、里桜とツーショットの自撮りをしている。

　何の記念だ……？

能上は内心でうなりつつ、ともあれこちらは大丈夫そうなので、リビングの方を見てみることにした。

「いぇーい！　脱出ー！」

と、背中から楽しげな声が聞こえてくる。

もしかすると、それも里桜に余計なトラウマを与えないように、という配慮なのだろうか。

リビングではあっさりと片付けられていた犯人たちが、両手両足をガムテープで巻かれて床に転がっていた。意識はないらしい。

女の意識はあったが、手足だけでなく口もガムテープで塞がれ、ソファに座らされている。恐怖と怒りの入り交じった目でにらんできた。

なんか、若干、こちらの方が強盗か何かみたいな気がしてくる。

「なんか手伝うことは……なさそうだな」

「書類とデータだけ、軽くさらっといてくれって。あ、組関係の」

ガムテープをキッチンカウンターの上に置いていた生野に言うと、軽く返された。

「なるほど」

能上は軽く肩をすくめる。さすがに抜け目がない。

組関係と言われても、ではあるが、とりあえずパソコンがある部屋を見つけて、中のデータとその机の中にあった書類をざっくりまとめて手近にあったカバンに放りこむ。

「さっさと帰ろっ」

知紘が里桜の手を引いたまま、廊下から声をかけてきた。

そしていったん帰りかけてから、あ、と思い出したようにリビングをのぞきこむ。

「峰岸とは、もしかするともう連絡がとれないかもだから、この部屋、引き払う準備をしといた方がいいよー」

女に対しての忠告のようだ。

そして部屋を出ると、外で様子をうかがっていた矢田が飛び上がるように出迎える。

「あ、あの！　これ……」

そしておずおずと小さな――USBメモリだろうか。知紘に差し出してきた。

「俺、横井《よこい》さんから預かってて。多分、オヤジの裏帳簿です」

「うわ。マジ？　ありがとーッ。これで間違いなく、峰岸は終わりそう」

無邪気に喜ぶ姿がやっぱりちょっと怖い。

「間違いなく、神代会の上の方に渡るようにするからね」

「お、俺、これからどうしたらいいですか……？」

そして泣きそうな顔で尋ねた矢田に、知紘はあっさりと言った。

「それは自分次第だけど。とりあえず、横井さんの遺体を引き取ってあげたら？　お骨と一緒に地元に帰るのが一番いいんじゃないかなー。組も解散になるだろうしね」

他人事のようだが、正論でもあり、更生にもなりそうだ。

「はい……」

ずるっと鼻をすすり上げながら、矢田がうなずく。

「あと一時間くらいしてから、中の連中、解放してあげて。万が一、このまま誰も来なかったら、脱水で死にそうだし。死なれたら寝覚めが悪いしねー」

それだけ言って、知紘はエレベーターからひらひらと手を振った。

マンションの外でタクシーを拾い、ともあれ里桜の家に向かう。疲れたのと安心したので、里桜は知紘の膝の上で眠っていた。

その間に、生野がどこかに――おそらく若頭に報告を入れていた。向こうからの情報もあって、どうやら拉致されていた人は無事に助け出されたらしい。

他人事ながらホッとしてしまう。――千住組組長たる知紘の父親が、息子に存在価値を否定されずにすみそうで。

「そうだ、カラオケ行こうよっ」

里桜を家に送り届けたあと、知紘がやたらテンション高く声を上げた。

「今からかよ……」

「打ち上げだよ、打ち上げっ」

何のイベントが完了したんだよ、と思ったが、まあ、事件が無事に片付いたせいか、いつになくちょっと興奮状態らしい。

時刻はすでに夜の十一時をまわっており、能上からすると、今日一日のイベントとしては腹いっぱいだったが、とても帰してもらえる雰囲気ではなく、生野はそもそも知紘に逆らうはずもない。ずるずると引きずられるようにカラオケ店へ雪崩《なだ》れこんだ。

ドリンクを頼み、さっそく知紘が曲を入れて歌い始める。アップテンポのJポップだ。顔に似合って、アイドル曲も多い。

そしてわりとうまい。気がする。

立て続けにガンガンと三曲歌ってから、「次、生野ー!」と、リクエストというより、ほぼ命令が入った。ついでに曲も知紘が入れる。スタンダードなバラードだ。

もしかして、知紘のリクエストに応えるためにいくつか定番があるのかもしれない。ものすごくうまくはないが、ヘタでもない、というラインだろうか。

一曲歌ったあと、いったん飲み物で喉を潤《うるお》した知紘がまた二曲ほど続けて歌っていた。

何かを発散させたいのか、さっきまでのイベントの熱が冷めないのか、やはり結構なハイテンションだ。

能上はもっぱら、飯を楽しんでいた。カレーにパスタ、それに肉寿司とガパオライスも頼んでみる。炭水化物祭りだ。

誘拐事件の間は、やはり緊張していたせいかあまり空腹を感じていなかったのだが、カフェで食べたサンドイッチだけではやはりこの時間まではもたない。

「次、能上、何か歌ってよー！」

一曲歌い終わって、知紘がマイク越しの大音響でこっちに振ってきた。

「俺はパス」

コーラでガパオライスを胃に落としながら、能上はあっさりと返した。

「なんでーっ？　つまんないじゃん」

知紘が、ぶーっ、と口を膨らませる。

「自分が歌ってんのが楽しいなら、別にいいだろ」

「人が歌ってるのを聞くのも楽しいし。能上が歌ってるの、聞いたことないから聞きたいし」

「いいって。俺、カラオケで歌ったことねーから」

能上はいかにもめんどくさそうに、パタパタと手を振った。

「えっ、なんで？」

「ていうか、カラオケ屋、入ったの初めてだからな。……飯、うまいんだな」

種類も多いし、ちょっと驚いた。なんなら、これから飯を食うためにに入ってもいいくらいだ。

「うそっ。マジで？」

知紘がのけぞるようにして驚いている。

そんなにか？　とも思うが。

「マジで。カラオケ行くような友達もいなかったし。そもそも瑞杜じゃ、カラオケ行くのも一苦労だろ」

ずず…、と残り少ないコーラを吸い上げながら、能上は肩をすくめた。

すでに知紘たちの前では、取り繕うほどの見栄もない。

そもそも地方の全寮制の学校では、県庁所在地になる隣の大きめの街までだとバスで片道一時間半だ。週末に合わせて外へ出るだけでもおっくうなのに、必要な用事をすませるだけで手一杯になる。

それに――家庭環境やら何やらいささか複雑な事情もあって、能上は高二くらいからあえて級友と接するのを避けてきた。それまでもさほど人付き合いがよかった方ではなく、学校としては持て余し気味の、結構な問題児だったと思う。

それを、なんの酔狂《すいきょう》だか、知紘がかまってくるようになったのだ。

きっかけとしては、校内で知紘が生野とヤッているところにうっかり出くわしてしまったことだろうが、……もしかすると、お互いの境遇に少しばかり似た何かを感じたのかもしれない。

だがそのおかげで、能上も自分ではどうしようもないしがらみから抜け出せたのは確かだ。少なくとも、気持ちはかなり楽になっていた。気楽に生きられるようになった、というのか。

「わっ、すご。じゃ、これが記念すべき初カラだねっ」

知紘がうれしそうな声を上げたが、マイクを使って発表されるようなことではない。しかもその高い声で、マイクがハウリングしている。

向かいの席で生野がちょっと顔をしかめ、身体を伸ばして、すかさず知紘にドリンクを手渡した。代わりにマイクを受けとる。

「じゃ、やっぱり何か歌わないと！　一生で二度とないチャンスかもしれないじゃん。友達とカラオケとかっ」

ドリンクを持った知紘がさらに意気込んで言いながら、どさっと身体を投げ出すようにして生野の隣に腰を下ろした。

「知紘さん……」

「おまえな……」

さすがにそこまで言われるようなことではないと思う。

「歌える歌ないの？　なんかあるでしょ。……あっ、学校唱歌とか。ドレミの歌とかっ」

「……殺すぞ」

何が悲しくて、金払ってそんな曲を歌わないといけないのだ。

「ひどっ。せっかく能上が歌えそうな歌を考えてるのに」

「余計なお世話だ」

ふん、と能上は鼻を鳴らす。

「えー。じゃあ、アレ入れるから。アンパンマンの歌？」

勝手に決めて、リモコンで登録しようとする。

「――おいっ。あー、わかったよ。じゃ、歌える歌な」

能上はあわてて手を伸ばして、そのリモコンを奪いとった。

さすがにこいつらの前でアンパンマンを歌いたい気はしない。

「飲み物、頼んどくか？」

選曲を考えている間に、生野が聞いてくる。

能上のグラスが空になっているのに気づいたのだろう。さすがに気配りの男だ。まあ、知紘のついでというところだろうが。

「あ、じゃあ、烏龍茶《ウーロン》、頼む。あと焼きそば」

答えてから、一曲を決めて登録した。

「楽しみ～ぃ」

やれやれ、というため息とともにテーブルに置くと、何を期待しているんだか、知紘がポテトフライを摘《つま》みながらにやにやと笑った。

イントロが流れ出すと、能上は手を伸ばしてテーブルの上のマイクをとる。前のステージまで出る気力はない。

古い曲なので知紘たちの趣味かどうかは知らないが、世界的に有名な曲でもある。

印象的なイントロで、さすがにそれだけで曲がわかったらしく、知紘が大きく目を見開いた。

「マジか……」

そして思わずというように、ポツリとつぶやく。

U2の「With Or Without You」だ。

とつとつと能上が歌うのを、それでも最後までしっかりと聞いて、知紘がいささか不機嫌になった。

「なんかムカつくー……」

「ほざけ」

人に聞かせたこともないので、自分の歌がどんなレベルだかもわからない。

「英語、得意なんだっけ?」

「いや、知ってる曲がいくつかあるだけ」

成績がいいわけではない。

「生野よりカッコイイとか、ちょっと腹立つわー」

知紘のそんな心の底から出たような感想に、横で生野が飲んでいたコーヒーをちょっと吹いた。

「あの、すみません……」

むしろ、生野的なダメージが大きかったようだ。

「あ…、なんか、悪い」

生野に対して妙に申し訳ない気分になる。

「洋楽好きなの？」

デザートのいちごジェラートに手を伸ばしながら、知紘が聞いてくる。

「昔ギターで向こうの曲をちょっとやってたからな」

「あー…、ギターなら一人でできるもんね」

容赦なくナチュラルにえぐってくるヤツだ。

が、遠慮されないのは気楽で、むしろ嫌な気はしない。

「あっ、今、楽器を貸してくれるカラオケ店もわりとあるじゃん。今度、行こうよー。ギター、弾いてみてよ」

「今度があったらな」

能上はことさら気のない様子で返し、何気なくポテトに手を伸ばしながら、胸の中がちょっとざわついてしまう。

今度——があるのだろうか。

知紘に巻きこまれると、普通の学生生活では到底体験しないような状況によくぶち当たるのだが、ごくごく普通の学生生活も、この二人と経験できるのだろうか……。

こんな何気ない、たわいもない会話も、考えてみれば知紘たち以外としたことはなかった。自分の趣味の話も。

今は高校生だが、知紘は千住組の跡目だという自覚があるようで、数年後には間違いなく反社会勢力と呼ばれる組織に属することになる。

能上は、父親は政治家だが、妾腹《しょうふく》の自分がその跡を継ぐことはない。継ぎたいわけでもない。

とはいえ、やはりそういう付き合いは問題視されるだろう。

それでも、知紘たちとの付き合いが切れることはなさそうだった。

父親にどうこう言われたところで、結局は自分の人生だ。褒められた人生でないのは、父も同じだった。

悪徳政治家と、ヤクザと。どちらがまともかなど、決めようがない。

自分が誰を選ぶかでしかない。誰を信じるか、だ。

知紘と生野と、この先もカラオケに行くような関係が続いていくのなら、ちょっと怖いような、しかし本当は少し楽しみな気もした。

「そういや、能上は進学するの？　受験勉強してんの？」

食事モードに入ったらしく、知紘がパンケーキの注文を生野に頼んでから、思い出したように聞いてきた。

「あんま、考えてねぇけど。とりあえず、どっかの私学じゃねぇかな」

能上は新しく運ばれてきた焼きそばを手元に引き寄せながら、軽く答える。

高校三年の八月だ。普通なら大学受験にとっては天王山《てんのうざん》と言われるくらいの時期のはずだが。

「あっ、裏口っ？　政治家お得意のっ？」

「なんでだよ……」

キラキラした目で期待いっぱいに言われて、ちょっとげっそりする。そんなものに妙なロマンを求められても困る。

「やることも決まってねぇのに、大学に金使うのもどうかと思うけどな……」

湯気《ゆげ》を吹き上げる焼きそばを冷ましながら、能上はなかば独り言のようにつぶやいた。

正直、迷うところではあるのだ。父親からすれば、能上は単なる穀潰《ごくつぶ》しでしかない。大学へ進学しところで、父親の手助けになるわけでもない。

「いいじゃん。お父さんの顔を立ててあげてるんだから。出してもらえるうちは、がっちりお金出してもらって、その間にやりたいことを考えればいいんだよー」

それにあっさりと軽く、当然のように知紘が言い切った。

「そうか……」

そう言われると、それもいいか、と気楽に納得できる気がする。

今は難しく考えることはない。

将来など何も見えないが、まだ焦ることはないのか……と。

今まで自分の中に閉じこもって何も見ていなかった分、少し外の世界を——何があるかもわからない世界を、ただいろいろ感じてみるだけでいいのかもしれない。

この二人とつるんでいると、いささか偏《かたよ》った世界になりかねないが。

能上は焼きそばと一緒に、いろんな迷いをいったん呑《の》みこんだ。

「おまえは決まってるのか？　大学。生野は空手で行くんだろ？」

そして逆に聞き返す。

「知紘さんが指定校推薦をとれるところで選ぶつもりだから」

生野がうなずいた。

「なるほど……」

もちろん大学も同じだろうとは思っていたが。

生野は生き方に迷うことはなさそうだ。

「もう募集は始まってるんだよね…。うーん、早く決めないとなんだけどねー…」

知紘の方が迷うように考えこんでいる。

「指定校推薦だと、いくつも出願はできないですからね。知紘さんの行きたいところでいいんですが」

「確実に受かるところってどこかなあ？」

どうやらそういう基準らしい。

知紘も、ある意味将来が決まっているから、ランク的な問題はないのかもしれない。

「学校推薦なら、よほどやらかさない限り受かると思いますが」

「やらかすかもしれないじゃん」

生野の指摘に、知紘がうなった。

「受からなかったら、生野と同じ学校に行けないじゃん〜っ」

今日の知紘は、なぜだかちょっと情緒不安定な感じだ。めずらしい。

もしかして、酒を飲んでるんじゃないだろうな？　とちょっと疑ってしまう。

が、生野が合わせているだけでもなく、知紘の方もやはり生野と一緒に行きたいんだな、と思うと、ちょっと微笑ましい。いつも女王様のイメージがあったが、知紘の方が案外、惚《ほ》れているのだろうか。

まあ、生野でなければ、知紘の面倒をみられそうにはないし、知紘自身その自覚があるのかもしれない。

「その時は別に俺が辞退してもいいですし」

「いや、おまえ、スポーツ推薦なんだろ？　推薦で受かって蹴《け》るのはまずいだろ」

あっさりと言った生野に、能上は思わず指摘した。

「いざとなったらだな」

しかしあっさり言って、生野は肩をすくめた。

「歌うよっ！」

と、ジェラートを片付けた知紘がいきなり立ち上がってテキパキと曲を入れ、マイクを握るとステージに立った。

賑《にぎ》やかなイントロがガンガン響き始める。

「今日、ちょっと大丈夫か？　受験でそんなにナーバスになるやつとも思わなかったけどな…」

正直、意外だった。

「まぁ…、たまには」

思わずこそっと言った能上に、生野が少し言葉を濁《にご》す。

「何かあっても、知紘さんは自分で処理する人ですから。もっと俺に当たってくれてもいいんだけど」

気合いを入れて歌っている知紘を眺めて、ポツリと生野がつぶやくように言った。

何かあったのか？　と、能上はふと疑問にも思ったが、ちょっと聞ける感じではない。

今日一日はかなり派手に動きまわったが、それで知紘が何かダメージ受けるようなことがあった気もしなかったが。

そして、結構いつも当たられてる気がするのだが、まだ生野としては当たられたりないのか、と少しばかり感心する。

頑丈《がんじょう》な男なのか、M気質なのか。

「ま、国香は外面がいいから学校推薦も問題ないんだろ？　成績も悪くないだろうし」

烏龍茶を一気に飲んでから、能上は言った。

「そう思うよ」

生野もうなずく。

知紘の外面がいい、ということに関しては、生野も特に異論はないらしい。

「まあ、俺の進路については、大学のコーチとか監督とかからも個人的な打診が結構あるから、知紘さんのことも個人的に伝えてみようかとは思ってる。それとなく」

「それとなく?」

付け足された言葉に、能上はちょっと首をかしげる。

「つまり、知紘さんが落ちたら俺も辞退するかもって」

「……いや、それは脅《おど》しだろ」

さらりと言った生野に、能上は思わずうなった。

「だからなるべく、大学に対して監督の発言力が強い強豪校がいいかな」

小さく笑った生野に、能上は一瞬、言葉をなくす。

やっぱりこいつもヤクザだな——、と。

ようやく認識した気がした。

「——ほら、そこ! 聞いてない!」

マイク越しに知紘が抗議の声を上げ、生野があわててタンバリンを叩き始める。

能上は烏龍茶に手を伸ばし、少しゆったりと身体をソファに伸ばした。

腹が膨れたせいか、無意識に大きなあくびが連発して出てくる。時刻もすでに真夜中をまわっていた。

大音響が鳴り響いているにもかかわらず、頭の中がふわふわしてくる。

「寝るな——ッ！」

と叫ぶ知紘の声もどこか遠い。

そして——。


目が覚めた時、馴染《なじ》みのない空間が目の前に広がっていた。

白い壁紙だけの殺風景《さっぷうけい》な自分の部屋とは違って、風情《ふぜい》ある竿縁《さおぶち》天井で、欄間《らんま》の模様も美しい。

ちらっと横を見ると床の間には花も飾られていて、どこからどう見てもしっかりとした和室——だった。

もちろん床も畳で、その上に敷かれた布団に寝ていたらしい。

馴染みはないが、覚えはある気がする。

そうだ。前にも一度——。

と、スッ…、と静かに襖《ふすま》が開いて、ジャージ姿の生野が入ってきた。

「ああ、起きたのか」

ちょっと瞬《まばた》きして、持っていたお盆を枕元に置く。水差しが乗っていて、飲むか？　と聞かれ、能上はのろのろと身体を起こしながらうなずいた。

なぜか頭が少しズキズキする。

「なんで……？」

水の入ったグラスを受けとりながら、うめくように尋ねた。

それでも今いる場所の察しはついた。千住の本家だ。前にも一度、泊めてもらったことがある。

「能上の家、知らなかったからな。今、父親のところには住んでないんだろう？」

さらりと言われて――確かにそう言えば、正妻のいる父の本宅には住んでおらず、最近になってマンションを借りてもらったのだが、生野たちにその場所は伝えていなかった。

「カラオケの途中で寝落ちしたからな。能上も…、知紘さんもだけど」

生野が苦笑する。

とすると、生野が二人を抱えて運び出したのだろうか。そのままタクシーで帰ってきたということかもしれない。

まあ、ここまでたどり着けば、男手は売るほどありそうだから、運んで寝かしつけるのは難しくはなかっただろう。

「……悪い。マジでか……」

水をグッと一杯飲み切って、思わず大きな息を吐いた。

それにしても、それだけされて起きないほど眠りこんでしまったのが不思議だ。

「いや、なんか店がミスったみたいで。別の部屋のオーダーと間違えて、ドリンクに酒が入ってたらしいよ」

「ああ……」

それでか、と納得した。というか、ちょっと安心した。ヘンな病気か何かじゃなくて。

「まあ、今日はゆっくりしていけよ」

小さく笑って言われ――しかしそのとたん。

「ご苦労様です……っ！」

と、恐ろしく野太い声での大合唱が遠くの方から響いてきた。

あまりゆっくりしたい空気ではない。

「……あ、若頭がおいでになったかな」

ちらっと背後を振り返り、つぶやくように言って生野が立ち上がった。

そして少しばかり意味ありげな、楽しげな目で見下ろしてくる。

「能上も泊まり、二回目だな」

「そう……だな」

級友の家とはいえ、ヤクザの本家に、と思うと、我ながら図太い気がしてくる。

一度目はまあ、アクシデントと言えても、二度目となると、だ。

「もう千住の客人認定されてると思うよ。組長とか、若頭にも」

クスッと笑って言われ、思わず目を見開いた。

——マジで？

「あ、朝飯、あとで運ぶから。知紘さんも起きたら一緒に食べれるかな」

あたりまえのように言いながら、生野が部屋を出る。

どうやらこの先、まだ見えない自分の人生には、大きな波乱がありそうだった——。

end.

あとがき

こんにちは。今年も組長さんたち、お届けできてよかったです。

今回はいつもとはちょっと毛色が違って過去語りになります。以前に「跡目・柾鷹」でも少し昔の話を書いたのですが、そちらは柾鷹視点で、今回はめずらしく、そしてひさしぶりに狩屋視点です。若き日の組長と狩屋、そして先代組長のお話ですね。狩屋の視点だと全体的にトーンが落ち着いているような、でも若い頃ですのでちょっと初々しく、いつもより感情が出てるかな。書いてみて初めて気づきましたが、今まで柾鷹と狩屋の出会いとか、狩屋から見た柾鷹というのを書いたことがなかったんですねー。今さらですが、二人の付き合いの長さと深さをしみじみ感じます。

さらに先代組長。前はちらっと出てきたくらいだったのですが、今回はがっつりと！　私のおじさま萌えがひさしぶりに炸裂してしまいました。やっぱり若造の二割増しかっこよく書いてしまうなぁ…。そしてなんと、遙さんも運命的に関わっておりました。今回のエピソードではキーパーソンでしたね。あ、そういえば、若き日の前嶋さんも出てたんでした。一番、若さあふれている感じです。ついでに黒猫が出てくるのはご愛敬ですね。雑誌の組員日記を読んでいただいた方はお心当たりがあるのかも？　そちらもまた日記帳にまとまるとよいのですが。

　ショートのお話の方は、前作「for a moment of 15」直後の知紘ちゃんと生野、そして能上くんのエピソードです。やっぱり私、どうしても三人組が好きみたいですね…。関係性はそれぞれなんですけども。組長と狩屋と遙さんもですし、ユーサクくんと深津と颯人くんもなんですよね。他のお話でもかなりの確率で出てくるのですが、いったい何の刷り込みなのか……。

　そんな今回ですが、イラストをいただいておりますしおべり由生さんには、いつもありがとうございます！　毎回ギリギリで本当に申し訳ございません……。二十歳の若い柾鷹と狩屋、そして先代の國充さんをとても楽しみにしております。編集さんにも相変わらずなていたらくで、本当に申し訳なく……。無事に出ているのは、編集さんや校正さん、また関係の方々のおかげです。本当にありがとうございました。先代と猫、というお題をなんとかクリアできたかな？

　そして今回お付き合いいただいております皆様にも、本当にありがとうございました。長いシリーズですので、毎回どこかに新しい発見があればなー、と思いながら書いておりますが、何か一つ、新しいワクワクが提供できていれば本望です。どうかまたお会いできますように——。

5月　　今時期限定の！　しらすとアスパラのパスタが大好きなのです！

水壬楓子

初出一覧

his Goddness —組長の女神様— ／書き下ろし
Let's Karaoke! —その夜。— ／書き下ろし

ビーボーイスラッシュノベルズを
お買い上げいただきありがとうございます。
この本を読んでのご意見・ご感想をお待ちしております。

〒162-0825　東京都新宿区神楽坂6-46
ローベル神楽坂ビル4F
株式会社リブレ内　編集部

アンケート受付中
リブレ公式サイト　https://libre-inc.co.jp
TOPページの「アンケート」からお入りください。

SLASH
B-BOY NOVELS

最凶の恋人—組長の女神様—

2022年6月20日　第1刷発行

■著　者　水壬楓子

■発行者　太田歳子
■発行所　株式会社リブレ

〒162-0825　東京都新宿区神楽坂6-46　ローベル神楽坂ビル
■営　業　電話／03-3235-7405　FAX／03-3235-0342
■編　集　電話／03-3235-0317

■印刷所　株式会社光邦

Printed in Japan
ISBN978-4-7997-5773-4